Creadyn

neu

Huw Dafis a'r Draenog
wnaeth Gnoi at y Gwaed,
a'r Corryn sy'n Crwydro'i
Hunllefau

Gwion Hallam

Gomer

Argraffiad cyntaf – 2005

ISBN 1 84323 247 2

Dymuna'r cyhoeddwyr gydnabod cymorth
Adrannau Cyngor Llyfrau Cymru.

Argraffwyd gan
Wasg Gomer, Llandysul, Ceredigion SA44 4JL

Pennod 1

Roedd hi'n dywyll fel bol buwch, a chwysai Huw Dafis fel ceffyl cyn ras. Os na châi e ddianc o'r costiwm cyn hir fe fyddai'n siŵr o lewygu. Os na châi e anadlu fe fyddai'n chwydu ei berfedd neu'n gwneud yn ei drowsus, neu'r ddau. Ond roedd y wisg wedi ei chau o'r tu fas ac nid oedd ffordd iddo ei hagor. Roedd Huw Dafis mewn twll, a phethau'n edrych yn dduach na du. Yn dywyll fel bol buwch? Nage, yn dywyll fel tin ceffyl. Achos dyna beth oedd e! Pen ôl ceffyl mewn pantomeim plant.

Pam fi Huw . . . duw!? meddyliodd yn ddryslyd a'i frên heb gael digon o ocsigen. *Gwneud ffŵl o fi'n hunan o flaen llond neuadd o blant?*

Gwyddai Huw fod holl blant ysgolion cynradd y DDinas yr ochr arall i'r llenni bron â pî-pî yn eu trowsus wrth ddisgwyl ymddangosiad y ceffyl. Y Ceffyl Hudol Anhygoel allai hedfan i'r sêr! Ond roedd Huw ei hun bron â gweld sêr erbyn hyn ac yn gweddïo'n ei galon y byddai'r ceffyl wir yn ei gario i fyd arall. Ond na, rhaid oedd aros a chynnal traddodiad. Er nad oedd Huw wedi bod yn yr ysgol am fwy nag ychydig wythnosau, roedd yn gwybod yn iawn na fyddai'r panto Nadolig yn stopio i neb.

oedd hi'n amlwg i Huw erbyn hyn fod Teri – neu Ceri – hefyd yn hoff o gerddoriaeth *nu metal*.

'Hei Ceri,' sibrydodd Huw wrth geisio dirnad pa fath o ffŵl fydde'n ystyried gwrando ar *Walkman* yn y fath sefyllfa. 'Teri ta? Plîs! Ceri, Teri, Meri! – beth bynnag yw dy enw di! W't ti'n iawn ta be? Achos dwi ddim.'

Ond roedd y ceffyl blaen yn fyddar fel postyn, a Huw'n methu'n lân â chael ei sylw. Erbyn hyn, roedd yn berwi y tu mewn i'r dillad, yn teimlo'n benysgafn ac yn ofni y byddai'n rhaid iddo gicio'r creadur o'i flaen. Ond sut byddai hwnnw'n ymateb? Ei eiriau olaf wrth ddiflannu i'r siwt oedd '*Kick me* ar ein *cue* ni, *okay* boi!' Wel nid oedd sôn am y gerddoriaeth agoriadol – y *cue* – ond teimlodd Huw y byddai'n rhaid iddo ei gicio ta beth a chododd ei droed . . .

'Diod!'

Clywodd y gair wedi ei sibrwd o du allan y siwt.

'Ti ishe fe? Diod!' Yn uchel fel llais merch, ond yn gryf fel un dyn.

'Pwy sy 'na?'

'Diod. Ti'n dwym?'

'Ond pwy sy 'na?' erfyniodd Huw. 'Gad fi allan o'r siwt!'

'Na. Cymer hwn. Dŵr yw e. Yfa,' meddai'r sibrydwr, fel sarff oedd yn cynnig ei helpu.

A dyma gael cip ar y llais, neu'r bysedd o leia, wrth i'r llaw agor y wisg a gwthio potel i fewn. Sylwodd Huw ar farc anarferol. Rhwng y bawd a'r bys cyntaf roedd pry copyn bach bach. Tatŵ neu fan geni a oedd yn hynod o debyg i gorryn.

'Hei paid – dere 'nôl – paid â'i gau o!' Ond roedd Huw yn sownd unwaith eto a'r llaw wedi mynd gan adael y botel ar ôl – diolch byth – yn oer ac yn llawn yn ei law.

Eiliadau gymerodd hi i yfed y cwbwl heb aros i feddwl am gynnwys y botel. Heb boeni fod blas eithaf od ar y dŵr a bod ei wddw'n llosgi ar ôl iddo'i yfed. Dechreuodd Huw deimlo'n well o lawer – yn hapusach na hapus – a chyn hir roedd e'n falch ei fod yno, yn y wisg ceffyl. Y lle gorau'n y byd y gallai fod.

Pum munud, chwe munud, ac roedd yn credu ei fod e'n geffyl go iawn, nid person mewn gwisg o garnau plastig a rhaff yn lle cynffon. Roedd yn staliwn hudolus allai hedfan i'r sêr ac yn ôl. Roedd am eu cyrraedd a'u pasio a charlamu o gwmpas pob planed. Roedd ar ei blaned ei hunan! Wedi meddwi ar y sêr. Wedi meddwi ar beth bynnag a yfodd.

Ni chlywodd y PRIF yn dod i ddiwedd ei sgwrs na'r ffanffer ar gychwyn y sioe. Ond roedd yn barod i fynd. Yn gyffro i gyd.

Yn chwysu fel ceffyl cyn ras.

Pennod 2

Llond neuadd o lygaid yn gwrando ar ffanffer trwmpedwr. Prifathro'n camu'n ddramatig oddi ar y llwyfan, a'r llygaid pry coplyd yn dilyn pob cam. Mae'r trwmped yn tewi a'r llenni'n gwahanu fel gwe wedi'i hollti'n ddwy. Daw ceffyl i'r golwg. Mae'n llonydd fel delw yng nghanol y llwyfan, mewn cylch o lifolau, fel prae wedi'i ddal gan bry copyn. Ond mae'n barod i fynd, ei fwng yn disgleirio a'i lygaid yn syllu at y sêr.

Mae'r neuadd yn tynnu anadl,

yn disgwyl,

yn disgwyl . . .

a dyma fe'n ffrwydro, yn neidio, yn codi . . . yn cwympo ar ei din. Daw bloedd o'r neuadd, ond dyma fe'n codi cyn llithro unwaith eto fel corryn mewn sinc, a'r coesau ôl fel pe baen nhw'n gwthio'r rhai blaen. Mae'r pen yn protestio, ond nid yw'r pen ôl yn fodlon gwrando, ac mae'n neidio i fyny er mwyn reidio'r tu blaen. Mae'r ceffyl yn ei farchogaeth ei hun!

Yna . . . sŵn rhwygo, a'r siwt yn gwahanu. Mae'r pen ôl eto'n cwympo i'r llawr ac mae'r pen blaen yn cael cyfle i ffoi am ei fywyd oddi wrth y boi gwallgo sy'n tynnu hanner ôl y wisg. Mae'n griddfan a chwerthin wrth godi rhyw botel i'w dangos â balchder i'r byd.

'Ti'm yn feddw, Huw Dafis?' meddai'r prifathro'n sigledig a'i wyneb yn wyn.

'Nid fi, syr – nid fi; y pry copyn wnaeth orfodi fi i yfed.'

'Mi wyt ti!' bloeddia'r prifathro, bron â ffrwydro. 'Sioe Nadolig i blant yw hon, ac mae un o fechgyn yr ysgol yn chwil!'

'Nachdw wir, syr – dwi'n geffyl,' meddai'r bachgen gan wenu. 'Dwi'n geffyl sobor o sâl, ond dwi'n geffyl serch hynny!'

Mae'n teimlo'r neuadd yn troi, ac mae'n chwydu dros siwt y prifathro. Mae'r plant ar eu traed yn cymeradwyo'n gyffrous, ac mae'r bachgen yn sylwi ar gorryn yng nghanol pob llaw – pry copyn yn cuddio yng nghledr pob llaw, neu yn y croen rhwng y bawd a'r bys cyntaf. Ac yn llaw'r Prifathro, nesaf at y bys sy'n pwyntio, mae corryn yn wincio'i wên.

A dyma rhywun yn rhywle'n rhoi bloedd. Y prifathro? Neu'r bachgen? Neu un o'r plant sydd ar eu traed? Mae hi'n waedd allai ddeffro'r meirw . . .

Naaaaaaaaaaaaaaaaaaaaaaaaaaaaaaaaaaaa!

gan ddeffro Huw Dafis o'r hunllef, y freuddwyd ofnadwy fu'n ei boeni bob noson ers diwrnod y sioe – y panto wnaeth orffen cyn iddo ddechrau. Agorodd Huw ei geg a griddfan wrth gofio fod yr hunllef yn wir a'i bod hi heddiw'n ddydd Llun. Nid unrhyw ddydd Llun, ond yr un y bu'n ei ofni ers wythnosau – y bore dydd Llun pan fyddai'n rhaid iddo ddychwelyd i ysgol Glantagfa, lle y meddwodd bedair wythnos yn ôl a dychwelyd i'r neuadd lle y gwelodd e'r llaw â'r pry copyn.

Rhwbiodd ei lygaid yn y gobaith o weld rhywle arall. Ond na, roedd yn nabod y gwely uwch ei ben. Ei wely fe'i hunan – y *springs* fel rhai newydd a gwaelod y matres yn binc. Pwy arall oedd yn cysgu ar y llawr o dan ei wely rhag ofn i'r nenfwd – a'r byd – gwympo ar ei ben? Doedd e ddim yn nabod neb arall a gysgai â chath yn gwmni iddo chwaith. Roedd Blac Belt – y gath ddu â chylch gwyn am ei chanol – yn canu grwndi wrth ei ochr. Cosodd Huw ei gwddw gan deimlo'r allwedd oedd yn hongian oddi ar ei choler. Y gath oedd yr unig un a oedd bellach yn ei ddeall a'i dderbyn ers iddo golli ei fam a gadael y Wlad i fyw yn y DDinas.

Symudodd ei feddwl at sŵn y ceir y tu fas er mwyn trio anghofio am ei fam. Ond roedd clywed y traffig yn waeth na dim byd, yn ffordd greulon o'i atgoffa am y ddamwain a'r *joy-rider* yn y car arall a oedd yn gyrru fel ffŵl ac a drawodd gar ei fam. Roedd blwyddyn ers hynny, ond roedd cofio yn brifo o hyd. Er i'w dad ac yntau symud o'r fferm i newydd-deb y DDinas, nid oedd Huw wedi symud ymlaen. Fe hoffai ddychmygu bod ei fam yn eu disgwyl, filltiroedd i ffwrdd, yn eu hen gartref. Roedd wedi casáu'r misoedd diwethaf – y cartref newydd nad oedd yn gartref o gwbwl, yr ysgol, a'r DDinas a wasgai o'i gwmpas a'r ceir oedd yn rhuthro'n ddi-baid o gwmpas y byngalo. Pwy ond ei dad fyddai wedi prynu'r fath le? Byngalo yng nghanol rowndabout prysur! Mae'n rhaid ei fod e'n ofnadwy o rhad.

Gwrandawodd ar sŵn y ceir yn cynyddu a'r traffig yn tyfu wrth i'r DDinas ddihuno. Teimlodd ei fol yn rhoi naid wrth feddwl am ddychwelyd i'r ysgol ac i'r union neuadd lle y dioddefodd yr hunllef. Gorfod mynd i'r gwasanaeth ac wedyn i'r gwersi, a wynebu'r athrawon na fyddai eisiau ei ddysgu erbyn hyn. A gorfod wynebu'r plant eraill i gyd, y plant a fyddai weithiau'n ei alw'n Huw Ffarm, neu weithiau'n Huw Tawel, neu weithiau'n Huw Hyll, ond byth yn ddim ond Huw fel yr hoffai. A meddyliodd Huw am Lee Wheelan, a gorfod diodde cael ei gicio a'i gloi yn nhoiledau'r merched gan un o fechgyn mwya poblogaidd yr ysgol. Ai dyna'r gwir reswm pam y gwisgodd e fel ceffyl yn y lle cyntaf? Er mwyn ennill rhywfaint o boblogrwydd a chael ei dderbyn am y tro cyntaf erioed? Wel, fe gafodd enwogrwydd, o leia. Diolch i'r diawl wnaeth gynnig torri ei syched, byddai pawb bellach yn nabod Huw *Horse*! Dyna'r unig reswm, o bosib, dros ddychwelyd i'r ysgol – i drio darganfod pwy oedd yn gyfrifol am ei feddwi. I chwilio am y crwt hefo'r corryn yn cuddio'n ei law, y bachgen â tatŵ rhwng bys a bawd.

'Mae dy dôst di i lawr, Huw. Dwi'n mynd. Paid bod yn hir!' Aeth ei dad allan heb ddisgwyl am ateb gan danio smôc gyntaf y dydd wrth fynd. Pam oedd rhaid iddo smocio? meddyliodd Huw wrth dynnu'i hun mas o gysgod y gwely. Fel tasai colli ei fam ddim yn ddigon roedd yn rhaid iddo boeni am iechyd ei dad!

Ymhen chwarter awr roedd Huw yn croesi heol brysur y gylchfan. Yna cerddodd ar hyd y palmant cyn disgyn i dywyllwch y llwybr tanddaearol a arweiniai i'r parc. Roedd yn symud at ganol y DDinas, ac at ysgol Glantagfa, lle nad oedd neb yn ei hoffi, a lle nad oedd ganddo'r un ffrind yn y byd.

Pennod 3

Chyrhaeddodd e ddim. Newidiodd gyfeiriad a dilynodd ei draed i'r parc oedd yr ochr arall i'r DDinas. Cerddodd o dan gysgod y coed lan i Bryn Hill nes iddo gyrraedd y cylch cerrig. Cerrig a welodd ddefodau reit waedlyd ganrifoedd yn ôl, ond a oedd bellach yn ddim ond addurn i'r DDinas, yn goron ar gopa Bryn Hill.

Eisteddodd Huw yng nghanol y cylch cerrig yn bwydo'i frechdanau i golomen, ond nid oedd ei chwmni hi na'r gwyrddni o'i gwmpas yn ei helpu i ymlacio o gwbwl. Syllodd yn drist ar yr erwau o goncrit islaw, a'r afon fawlyd yn llifo trwyddynt. Fe'i dilynodd â'i lygaid i gyfeiriad yr ysgol – ond roedd honno'n rhy bell iddo'i gweld, neu doedd e ddim wir eisiau chwilio amdani – dim ewyllys i wneud a dim calon i drio, fel y byddai Ben wedi'i ddweud. Ben, Ben Draw'r Byd, ei hen ffrind. Doedd Ben ddim yn credu fod pobol yn methu gwneud pethau mewn gwirionedd, ond yn hytrach yn ofni eu gwneud nhw. Biti na fyddai Ben gydag e yn gwmni nawr, meddyliodd Huw wrth iddo daflu'i grystyn olaf i'r aderyn a'i yrru â neges ar daith:

18

'Dos i Fryn Esgyrn, i ben draw'r byd, i ddweud wrth 'rhen Ben am ddod yma.'

Gwyliodd y golomen yn hedfan i ffwrdd, gan droi i gyfeiriad yr ysgol, fel petai'n gwneud hwyl am ei ben. Taswn i 'mond yn gallu siarad â'r adar go iawn! meddyliodd Huw, wrth deimlo dafnau glaw ar ei wyneb.

Cododd i'w draed a sefyll yn stond er mwyn gwneud yn siŵr ei fod yn gwlychu i'r croen. Fe fyddai niwmonia'n esgus da iddo gael colli'r ysgol am byth, meddyliodd, nes iddo rewi'n ei unfan o weld y bachgen yn agosáu. Gwyn Goch! Ond ddim eto – amhosib! Rhedodd Huw i guddio gan obeithio nad oedd Gwyn wedi'i weld. Nid bod dim byd drwg am Gwyn Goch. I'r gwrthwyneb. Roedd yn yr un dosbarth â Huw a fe oedd yr unig un mewn gwirionedd oedd wedi trio'i groesawu o gwbwl – wedi bod yn trio'n rhy galed o lawer! Gan fod Gwyn yn cael ei ystyried yn fachgen reit od ac amhoblogaidd, nid oedd Huw'n orawyddus i ddod i'w nabod yn well. Fe fyddai hynny'n siŵr o wneud ei fywyd ef ei hunan yn waeth, gan ei wneud yn fwy o darged i Lee Wheelan a'i deip. Cuddiodd Huw wrth ochr carreg a gwylio'r bachgen yn nesáu. Ie, fe oedd e'n bendant. Gwyn Jinj neu Gwyn *Fuzz-ball*. Byddai'n medru nabod y gwallt yna filltir i ffwrdd. Sylwodd Huw nad oedd Gwyn yn cerdded nac yn rhedeg chwaith, ond yn rhyw sgipio, mor ysgafn â'r fflyff coch ar ei ben.

Yna, eisteddodd Gwyn yng nghanol y cylch cerrig, yn yr union fan lle bu Huw yn eistedd eiliad yn ôl. A dyma fe'n sylwi, ar union yr un adeg â Huw, ar becyn o greision ar hanner ei fwyta a sgarff. Damia! Doedd dim ots am y creision, ond roedd ei enw ar y sgarff, a gwyddai Huw fod Gwyn Goch yn ddigon busneslyd i edrych, ac i chwilio ac efallai i – oedd! Roedd e wedi gweld yr enw oedd wedi'i wnïo ar y sgarff – Huw Dafis 10D – ac roedd yn edrych o'i gwmpas.

'Huw?'

Gwasgodd hwnnw ei hun yn erbyn y garreg.

'Fi Gwyn sy 'ma – o'r ysgol, o'r dosbarth – Gwyn Goch!'

Dwi'n gwbod yn iawn pwy wyt ti! meddyliodd Huw. Ond dwi ddim yn mynd i symud 'run gewyn. A dyma fe'n symud! Llithrodd Gwyn i'r llawr a sgidio ar y cerrig mân dan ei draed. 'Huw Dafis?' Ond roedd Huw wedi ffoi i gyfeiriad y coed a dim ond ei gefn welodd Gwyn.

'Hei Huw, ti ishe cwmni? Be ti'n neud ar dy ben dy hunan fan hyn?'

Gwthiodd Huw ei ffordd trwy'r coed oedd ar yr ochr arall i'r bryncyn a rhuthro i lawr i gyfeiriad adeilad a welai o'i flaen, gan ffoi rhag y llais oedd yn ei ddilyn. Gwelodd ddrws tân agored o'i flaen, a

...a, ...llwch heb allu arafu na ...nu, ...mredodd iintro dros wyneb y llawr, heb syrthio o gwbwl – fel sglefriwr yn teithio ar rew.

A dyna lle'r oedd e! Heb rybudd, daeth y golau ymlaen ac fe welodd Huw ei fod e ar ganol yr *ice rink* ac yn llithro at ganol cylch sglefrio'r DDinas. Wrth iddo lithro ymlaen, clywodd leisiau'n nesáu a rhewodd ei waed fel y dŵr o dan ei draed wrth iddo'u hadnabod yn iawn – llais y bachgen, o leia. Lee Wheelan! Daeth Huw Dafis i stop reit yng nghanol y cylch. Roedd wedi adnabod y llais. Roedd y bachgen yr oedd arno ei ofn yn fwy na neb arall yn cerdded i'r neuadd i garu'n gyfrinachol gyda'i gariad. Achos Katrin, ei gariad, oedd y ferch, mae'n siŵr. Mewn panic, edrychodd Huw o'i gwmpas a chwilio am ffordd i ddianc. Gwelodd y llun a'r geiriau hunllefus oedd o dan wyneb y rhew – *City Spiders I.H.C.* Roedd Huw yng nghanol logo'r clwb hoci – y corryn mawr du – heb obaith o ddianc na chuddio. Roedd fel cleren, wedi'i ddal yng nghanol y we.

Ond ni agorodd y drws wrth i Wheelan ei wthio. Rhegodd y bwli wrth chwilio trwy fwndel o allweddi a grogai wrth ei felt. Wrth wrando arno'n brolio mai dim ond y fe – fel capten y tîm hoci-iâ – a gâi fenthyg yr allweddi o gwbwl, cafodd Huw ddigon o

amser i gwympo ar y rhew a thynnu ei hun yn ôl at
y wal a'r bwlch y daeth drwyddo yn y lle cyntaf.
stryffaglu trwy'r drws yndol vn y lle cyntaf.
ddiawl sy'n mynd i'n gweld ni fan hyn?'

Dwi'n *dead*, meddyliodd Huw, wrth wrando ar y
ddau'n cau'r drws ar eu holau ac yna'n cusanu'n rhy
hir. Dwi'n fwy na *dead,* ail-feddyliodd Huw. Achos
nid Katrin, ei gariad, oedd gyda Wheelan o gwbwl!
Byddai Huw wedi nabod llais Katrin – roedd e wedi
breuddwydio amdani cyn heddi! Ei chroen hi mor
wyn a'i gwallt hi mor ddu, a'i gwefusau a'i
hewinedd hi'n dduach. Llyncodd Huw ei boer a
gwasgu ei hun yn agosach i'r llawr yr ochr arall i'r
wal oedd yn amgylchynu'r *rink*.

'Hei dere, dal sownd!' meddai Wheelan gan
sgubo'i 'gariad' i'w freichiau. Clinc clanc a chlinc
clanc, cyn i sgidiau sglefrio Lee Wheelan adael
llawr y neuadd a glanio ar y rhew mewn un naid.

Ie, blonden oedd yno. Nid gwallt du fel Katrin
oedd ganddi. Er y gwyddai Huw na ddylai fod yn
edrych o gwbwl – a pheryglu ei fywyd wrth wneud
y fath beth – roedd y demtasiwn yn ormod iddo.
Roedd yr olygfa'n rhy ryfedd i'w cholli. Roedd
Wheelan yn chwipio o gwmpas y cylch, yn bwerus
fel corwynt, yn dal a gosgeiddig, yn gyflymach
na'r gwynt, a'i wallt melyn, melyn pigog heb

symud 'run blewyn, a'r flonden fel babi'n ei freichiau.

'Hei, Huw – be ti'n neud?'

Llais arall, o gyfeiriad y drws tân y tro hwn!

'Huw Dafis – fi'n gweld ti.'

Roedd Gwyn Goch wedi dod o hyd iddo. Neidiodd Huw i'w draed cyn i Wheelan sylweddoli beth oedd yn digwydd. Roedd hwnnw wedi dychryn ac wedi llithro ar y rhew a gollwng y flonden yn swnllyd i'r llawr cyn sylwi ar Huw yn rhuthro i fyny'r grisiau at yr allanfa.

'Ers pryd wyt ti fanna, y perfert?' gweiddodd â'i wyneb yn fflamgoch.

'Dwi ddim yma o gwbwl!' meddai Huw gan ei heglu hi i gyfeiriad y drws tân.

'Hei stopia – dere 'nôl – ti yw'r prat na o'r ysgol! Fi'n nabod ti, hei!'

Ond nid oedd 'stopio' yn air y dymunai Huw ei glywed. Dim ond geiriau fel 'marw' a 'dianc' oedd ar feddwl Huw wrth iddo rhuthro'n syth am y drws ac at Gwyn Goch gan ei fwrw drosodd cyn iddo fe gael cyfle i agor ei geg.

'Huw Dafis!' Roedd Lee Wheelan wedi cofio'i enw. Ond roedd Huw wedi mynd. Wedi dianc rhag Lee – am y tro.

Ni welodd e Gwyn yn gwisgo'i sgarff cyn iddo yntau hefyd ddianc rhag Lee. Ac ni welodd e'r cochyn yn dringo i goeden a'r sgarff yn cynffoni ar ei ôl. Gwyn Goch yng nghanghennau coed uchaf Bryn Hill yn ei wylio fe'n rhuthro trwy'r DDinas, heb amser i ddim ond i ddianc rhag uffern y rhew.

Beth oedd y peth gwaethaf i Huw'r bore wedyn wrth iddo frysio ar hyd y ffordd danddaearol? Fod yr ysgol a dyrnau Lee Weelan o'i flaen, neu fod Gwyn Goch wrth ei sodlau unwaith eto. Roedd Gwyn wedi bod yn disgwyl amdano â'r sgarff yn ei law wrth gylchfan y byngalo bach.

'Ond mae dy enw di arni!' meddai Gwyn wrth sgipio ar ei ôl.

'Mae 'na fwy nag un "Huw" yn y byd 'ma.'

'Huw Dafis 10D?' meddai Gwyn gan estyn y sgarff ato, fel petai Huw'n medru darllen â'i gefn wedi troi.

'Dos i'r ysgol 'wan, Gwyn, yn hogyn da fel pawb arall,' galwodd Huw dros ei ysgwydd yn damio ei fod yno'n y twnnel heb unman i ffoi.

'Be!? Ti'm yn mynd i'r ysgol heddi to?'

Atseiniai sŵn eu cerdded cyflym trwy'r *subway* wrth i'r ddau godi o'r twnnel i'r parc.

'Ond 'ma *rhaid* i ti, Huw. Ma' Miss Jekyll 'di sylwi.'

'Do? Hi a neb arall 'lly!' meddai Huw'n ddifeddwl a gonest cyn ychwanegu'n reit glou, 'ond mae'n well gen i hynny! Dwi'm isho i neb i boeni amdana i.' A cherddodd o'r twnnel ac allan i'r bore.

'Ma' 'na o leia un arall yn becso,' meddai Gwyn gan sylwi ar y gath.

'Wel paid!' bloeddiodd Huw gan stopio a throi. 'Dwi'm isho i ti na neb arall –' a gwelodd Blac Belt yn camu o'r cysgodion i'w ddilyn.

'Ddim fi, Huw!' meddai Gwyn gan gamu i'r golau. 'Dim ond hi sy'n ddigon twp i dy ddilyn di.'

Cododd Huw'r gath yn ei freichiau, a thinciodd y goriad wrth iddo daro'n erbyn bwcwl ei choler.

'A beth yw'r gwallt yna, Huw?' holodd Gwyn, oedd wedi sylwi fod Huw wedi trio steilio neu sbeicio ei wallt. 'Ti'n trio bod yn rhywun arall neu be?'

'*Sod off!*' meddai Huw a throi ar ei sawdl. 'A gad lonydd i fi am unwaith, y crinc!'

Yna, heb edrych yn ôl eto, fe gerddodd Huw i ffwrdd yn gyflym, ond nid i gyfeiriad yr ysgol.

Teigr albino mewn caets oedd yn llawer yn rhy fach iddo. Dyna welai Huw Dafis a Blac Belt, erbyn hyn. Ond er yr olygfa, ac er iddo gerdded yr holl ffordd i'r sw, roedd y cochyn ar ei feddwl o hyd. Pa hawl oedd gan Gwyn *Fuzz-ball* o bawb, i dynnu sylw at ei wallt e? O leiaf doedd e ddim yn edrych fel meicroffôn coch neu frwsh toilet oedd wedi cael ei ddefnyddio'n rhy aml! A beth oedd e'n feddwl, trio bod yn rhywun arall? Fel pwy!? Efallai wir fod gan brynu jel iawn yn lle defnyddio *Brylcreem* ei dad, hwyrach y byddai'r pigau'n stico lan yn iawn y tro nesaf. Cododd Huw ei law'n siomedig i deimlo'r diffyg pigau ar ei ben.

Grrrrrrrrraaach!

Bu bron iddo neidio o'i groen a symudodd yn glou o gyrraedd y caets. Ond dim ond y teigr oedd yn rhuo'i gynddaredd, fel tasai'n cydymdeimlo â Huw. *Miaw!* ychwanegodd B.B. i ddangos ei bod hithau'n gallu darllen ei feddwl.

'Dwi'n ocê,' meddai Huw gan ei chodi i'w freichiau. 'Heb gysgu fawr ddim neithiwr, 'na i gyd.' Roedd hi'n gwybod hynny'n iawn, wedi ei deimlo'n troi a throsi trwy'r nos. Fe lwyddodd Huw i gysgu'n y diwedd ar ôl perswadio'i hunan nad oedd Wheelan mewn gwirionedd yn caru y tu ôl i gefn ei gariad gan ei fod wedi gorffen gyda Katrin ers meityn. Doedd e ddim wedi gweld dim byd na ddylai ei weld, ac felly doedd dim hanner cymaint o reswm gan y bwli i'w ladd. Gwenodd Huw wrth ollwng y gath i'r llawr ac edrychodd i fyw llygaid y teigr. Gan ei fod yn albino, ac mor wahanol i'r lleill, gwyddai'r teigr yn iawn beth oedd bod ar wahân – yn union fel Huw.

Roedd Huw'n hapus fan hyn, heb ...
boeni, a dim ...
unwaith. Fel ag yr oedd B.B., mae'n siŵr.

'Blac Belt?' Nid oedd golwg ohoni, er nad oedd
ond newydd ei gollwng. 'Blac Belt?' galwodd eto, a
throi i chwilio amdani cyn ei chlywed hi'n mewian
yn agos ato. Roedd Blac Belt yn y caets! Roedd hi
yn y caets gyda'r teigr, yn cerdded rhwng ei goesau,
yn dringo ar ei gefn e, ac ar ei ben e! 'Ty'd lawr,'
galwodd Dafis mewn panic. 'Plîs callia, Blac Belt –
ti'n chwarae â thân!' Ond roedd hi'n hoffi ei ffrind
newydd a heb weld fod yna beryg o gwbwl. Nid
oedd hi – mwy na Huw – wedi sylwi fod yna
fwystfil mor agos. Syllodd Huw ar Blac Belt, heb
sylwi ar gysgod yn codi tu ôl iddo na'i glywed yn
llithro'n nes tuag ato.

'Wel, wel!' Llais cyfarwydd. 'Bachgen drwg sy
ddim yn lico'r ysgol!'

Sylwodd Huw ar y faneg ddu ar ei ysgwydd.

'Ti'n ei nabod e, Kat?'

Crynodd Huw wrth glywed enw'r ferch. Roedd
yn dal i syllu ar y cathod oedd yn y caets o'i flaen.
Byddai'n saffach yno, yn y caets hefo nhw!

'Tro rownd, Huwcyn bach, i ti gael ein gweld
ni'n iawn.'

Ufuddhaodd Huw, a gweld Katrin yn dala'n ei
law, yn gariad swyddogol iddo o hyd. Gwisgai'r

ddau sgidiau sglefrio – *roller blades* du – ac roedd ffon hoci mewn bag ar gefn Lee.

'Ti'n ei gofio fe, Kat? Mr *Wonder Horse* Dafis ei hun! Y ceffyl sychedig.'

'Gad e i fod,' chwarddodd Katrin yn glên. 'Mae e wedi ca'l digon o *stick*.'

''Na pam ti'm yn 'rysgol? Gormod o g'wilydd, ife Huw? Dim ffrindie ar ôl erbyn hyn?'

Doedd gen i ddim ffrindiau cyn hynny chwaith, meddyliodd Huw wrth i Kat dynnu'n ddiamynedd ar y ffon hoci oedd wedi'i chlymu i fag Lee.

'Dau funed plîs, Kat – 'na i gyd fydda i ishe i ga'l trefen ar hwn. Ma' pethe pwysig 'da ni i'w trafod, yn does e, Huw?'

Dim gair o ben Huw. Syllodd ar Katrin gan sylwi unwaith eto ar ei llygaid oedd yn wyrdd ac yn fawr fel rhai cath, a'i gwefusau glas wedi'u lliwio â gofal arbennig. Gwenodd Kat ar Huw cyn gadael y ddau, heb ddeall beth oedd bwriad ei chariad.

'Un funed, ddim mwy – bydda i'n dishgwl wrth ffenest y llygod.'

Aeth i ffwrdd yn osgeiddig, wedi'i gwisgo mewn du o'i chorun i sodlau ei sglefriau. Sylwodd Huw fod yna las yn ei gwallt hi hefyd.

'Be welest ti ddoe?' Gwasgai Wheelan ei brae yn erbyn y caets. 'Un gair, dim ond smicyn, ac fe wna i'n siŵr na siaradi di air eto, ddim byth! Fe wna i fwydo dy dafod di i'r teigr!'

Roedd wyneb Huw wedi'i wasgu'n dynn yn erbyn barrau'r caets, a gwelodd Huw y teigr yn symud tuag ato. Trwy gornel ei lygad, gwelodd y styden oedd yn nhrwyn Lee yn disgleirio, ac un arall yn fflachio ar ei wefus.

'Neu beth am dy fraich di – neu rai o'r bysedd o leia – i ddangos bo fi'n *seriously* crac.'

Gwthiodd Lee fraich Huw trwy fwlch yn y barrau a dechreuodd y teigr gyffroi.

'Ti'n 'y mrifo i, Lee.'

'A fi'n rhoi loes i fi'n hunan – sai'n lico bod yn gas.'

'Plîs paid – dwi'n gallu ogleuo ei wynt e!'

O leiaf ni fyddai'n rhaid i Huw boeni am yr ysgol fyth eto, na phoeni am y llaw â'r pry copyn pe bai Lee yn penderfynu ei fwydo i'r teigr. Roedd llaw Wheelan â'r faneg ddu yn dynn am ei wddw yn ei wthio'n nes at ei ddiwedd, at y teigr a'i ddannedd diawledig.

'*Hey stop it!*'

Rhuthrodd y warden atynt, a'i gap yn ei ddwrn. '*Are you mad?*' rhuodd. Gollyngodd Lee ei afael.

'*We were playing and I went a bit too far,*' esboniodd Wheelan.

'*But you were pushing him into the cage!*' meddai'r warden, yn methu credu iddo weld y fath beth. '*Right, both of you – out!*'

'*But I've paid for my ticket.*' A dangosodd Lee Wheelan ei docyn.

Doedd dim tocyn gan Huw. Roedd e wedi sleifio i mewn trwy'r fynedfa yng nghanol haid o blant ysgol gynradd.

'*But my cat's in the cage!*' dadleuodd Huw wrth gael ei arwain oddi yno.

Dim ond chwerthin wnaeth y warden. Nid oedd erioed wedi cyfarfod â bachgen a gredai mai fe oedd pia Ghandi'r teigr.

Wrth i'r warden ei lusgo o gwmpas y gornel, fe welodd Huw'r bwli yn y pellter yn chwifio ffarwél, ei fysedd yn sticio allan o ddüwch ei fenig. Y menig di-fysedd a guddiai weddill ei ddwylo a'r croen rhwng y bawd a'r bys cyntaf.

Pennod 5

Roedd Huw wedi disgwyl a disgwyl wrth gatiau'r sw ac wedi galw ei henw drosodd a throsodd – Blac Belt a B.B. a B.B. a Blac Belt, ond yn ofer. Bu'n rhaid iddo adael yn y diwedd, a throi am adref. Wrth redeg trwy'r DDinas yn ôl am y byngalo, gobeithiai na fyddai ei dad yn amau nad oedd wedi bod yn yr ysgol.

Sut gallai e fod mor esgeulus? Colli ei unig ffrind yn y byd. Yr anrheg orau a gafodd erioed. Ei fai e oedd y cwbwl unwaith eto. Roedd ofn bwli wedi gwneud iddo golli rhywbeth arall oedd yn hanfodol yn ei fywyd – yn gwmws fel ag yn achos damwain ei fam.

Anrheg oddi wrth ei fam oedd Blac Belt. Hi wnaeth achub y gath rhag cael ei boddi'n yr afon. Fe'i bwydodd hi a'i henwi hi, ac edrych ar ei hôl hi, nes ei rhoi hi'n anrheg i Huw. Sut ddiawl wnaeth e adael iddi hi fynd? Ar sgrin ei ddychymyg, gallai Huw weld ei fam unrhyw bryd y dymunai. Gallai ei gweld yn sefyll wrth yr Aga yng nghegin y ffermdy neu'n rasio ar ei beic modur ar draws y caeau, yn bwydo'r cŵn neu'n tynnu oen, ac yna'n achub Blac

Belt o'r dŵr. A gwelai ei fam yn y ddamwain. Er nad oedd ef yno, gallai Huw ei gweld yn glir.

Eisteddodd i lawr ar fainc yn y parc gan feddwl unwaith eto am y bws wnaeth e ei golli'n fwriadol. Pan ddigwyddodd y ddamwain, roedd e'n sefyll wrth yr ysgol, mor saff, mor ddiamynedd, yn disgwyl iddi ddod i'w gasglu. Penderfynodd golli'r bws er mwyn peidio gorfod dioddef y bwlis – y plant a wnâi'r daith yn un arteithiol o hir. Roedd e'n gwybod fod y car gan ei fam y diwrnod hwnnw, ac y byddai hi'n barod i'w nôl, i ruthro i'w nôl . . . ond ni chyrhaeddodd hi. Bu Huw'n disgwyl a disgwyl. Byddai'n disgwyl amdani am byth, ac yn ei feio ei hunan am byth.

Cododd o'r fainc ac ail-ddechrau rhedeg am adref. Croesodd yr heol a chyrraedd y byngalo ar ganol y rowndabout. Dau funud, ac roedd yno yn gwthio trwy'r drws ac yn rhuthro i mewn i'r gegin.

'Dwi adra. Sori mod i'n . . .' Stopiodd yn stond.

Roedd dau berson yn eistedd wrth y bwrdd – ei dad, a Miss Jekyll o'r ysgol.

Ar ôl hebrwng yr athrawes at y drws, daeth Cliff Oswyn Hughes-Dafis yn ei ôl i'r gegin. Edrychodd am amser hir ar y bachgen o'i flaen. Caledodd ei lygaid a sythodd ei gorff i ddangos fod pob modfedd o'i bum troedfedd tair modfedd yn barod i ddisgyblu ei fab. Ond sut? Roedd yn ei garu lawn gymaint â'r wraig roedd yn ei cholli bob awr o bob dydd, ond roedd wedi cyrraedd pen ei dennyn.

'Pam eto, Huw? Pam? O hyd ac o hyd – yn gwrthod dilyn y drefn.'

Nid oedd ateb gan Huw. Roedd wedi trio esbonio o'r blaen bod ei fywyd e'n hunllef ers iddyn nhw symud i'r DDinas. Roedd wedi trio esbonio na wnaeth e feddwi'n fwriadol a'i fod wedi cael ei dwyllo gan y llaw â'r tatŵ . . . achos dyna lle'r oedd y sgwrs yma'n mynd.

'Ac ar ôl y busnes ofnadwy 'na gyda'r ceffyl a'r meddwi!' Roedd e'n gwybod! 'Doedd dim rhaid iddyn nhw dy gymryd di'n ôl. Ond fe wnaethon nhw, do – a dyma dy ffordd di o ddiolch! Peidio â throi fyny o gwbwl! A lle fuost ti heddi?'

Edrychodd Huw ar y llawr.

'Yn lle, Huw, plîs dwêd?'

'O gwmpas.'

'Siŵr dduw – ond o gwmpas yn lle?'

'Yn y sw, Dad.'

'Be ddudis di?'

'Isho gweld yr anifeiliad, 'na i gyd.'

Roedd hynny'n ddigon – yn ormod – i Cliff Oswyn Hughes-Dafis. Doedd ganddo mo'r amynedd na'r egni i holi'i fab ymhellach, ac roedd e'n gwybod y gwir reswm pam na fuodd e yn yr ysgol. Roedd e'n gwybod yn iawn fod Huw yn ofni'r plant eraill, y bwlis fel oedd e'n trio'u galw.

'Dos i'r wardrob, plîs, Huw.'

'O na, ddim y wardrob!' meddai Huw, yn methu credu fod ei dad am wneud peth mor blentynnaidd.

'Beth arall ta Huw? Ti'm yn dysgu o gwbwl.'

'Ddim yn dysgu sut mae licio'r bwlis?' holodd Huw. 'Neu ddim yn dysgu sut mae eu taro nhw'n ôl?'

'Wel, basa hynny'n ddechra! Amddiffyn dy hun.'

'Ond fasa Mam byth isho fi i godi 'run dwrn!'

Ddylai e ddim fod wedi sôn am ei fam.

Roedd bang drws y wardrob yn dweud digon wrth Huw. Wrth glywed drych mawr drws y wardrob yn ratlo'i gynddaredd, fe wyddai fod ei dad wedi'i synnu ac wedi'i siomi'n ofnadwy ei fod wedi defnyddio'i fam yn y ddadl. Eisteddodd Huw ar lawr caled y wardrob anferthol.

Heb olygfa i'w ddiddanu, meddyliodd am Ben. Roedd hi mor dywyll ar Ben yn ei dŷ ag oedd hi yno ar Huw yn y wardrob. Ben ddall yn nhywyllwch Bryn Esgyrn. Gorweddodd Huw yn ôl a gadael i'w ddychymyg oleuo'i feddwl. Tra bo lluniau yn y cof, nid oedd angen y llygaid o gwbwl. Dyna gyngor 'rhen Ben iddo. Ond dim ond un llun a welai Huw, ei fam unwaith eto. Cododd ar ei draed yn sydyn gan syllu i ben draw'r wardrob. Gwelai rywbeth yn disgleirio fel ysbryd. Pwysodd ymlaen a chraffu'n fanylach. Na, nid ysbryd oedd yno, ond dilledyn. Amhosib, meddyliodd. Dechreuodd symud yn nes heb allu atal ei hun rhag cyffroi. Doedd e ddim yn cofio'i gweld o'r blaen. Ond wrth edrych ar y wisg, roedd Huw bron yn siŵr . . . a dechreuodd e grio – o hapusrwydd y tro hwn – wrth sylweddoli ei fod wedi dod ar draws gwisg briodas ei fam. Roedd ei fam wedi mynd, ond roedd ei siâp yn aros.

'Gafael amdana i, Mam,' meddai, gan estyn ei freichiau i'w chyffwrdd, i gofleidio'r wisg wen, i gofleidio'r atgofion oedd yn lân fel y defnydd o'i flaen. Ond am siom! Ond wrth gyffwrdd y dilledyn, dyma'r siom yn ei gicio'n ei stumog. Nid ffrog briodas ei fam oedd yno wedi'r cwbl, ond dillad Judo! Pam ddiawl oedd rhain yn y fan hon? Tynnodd Huw yr hanger â'r dillad i lawr cyn syrthio i waelod y wardrob, ei obeithion unwaith eto ar chwâl. Dechreuodd deimlo'n ofnadwy o gysglyd a gorweddodd i lawr.

Ni chlywodd ei dad yn datgloi'r drws a cherdded i mewn. Fe gododd y dillad Judo a'u hongian yn ôl yn barod ar gyfer yr un fyddai'n eu gwisgo, gobeithio, rhyw ddydd.

'Rhaid i ti ymladd, Huw bach,' meddai ei dad wrth ei ollwng i'w wely'n ofalus, 'a dysgu dy amddiffyn dy hun.'

Wrth i ddrws ei ystafell gau, fe lithrodd Huw o'i wely at ddiogelwch y llawr i chwilio am gwmni Blac Belt. Ond roedd y gath, fel ei fam, wedi ei adael yn unig am byth.

Pennod 6

Y bore wedyn, roedd Huw Dafis ar fws. 'Taith addysgiadol, wyddonol, naturiaethol' yng ngeiriau Miss Maloney, ei athrawes Bywydeg. Esgus am drip i bawb arall.

'Ti'n cŵl, Miss Maloony,' galwodd Bill Moony o'r cefn wrth i'r bws gychwyn ar ei daith. '*Anything* yn gwell na cael *lessons*! *Thanks* Miss . . . Maloony.'

Gwenodd yr athrawes gan gymryd arni na wnaeth ei glywed yn ynganu ei henw'n anghywir. Doedd hi ddim yn meindio bod yn *loony* o gwbwl!

Ar ôl poeni cymaint am fynd yn ôl i ysgol Glantagfa, nid oedd Huw wedi disgwyl cael gadael yn syth ar ôl cyrraedd y lle. Doedd e ddim eisiau mynd ar y trip mewn gwirionedd, ond o leia fe fyddai allan o gyrraedd Lee Wheelan am ychydig. Roedd e wedi diodde gweld Lee yn barod y bore hwnnw. Fel tasai'r cywilydd o gael ei dad yn cydgerdded gydag e i'r ysgol ddim yn ddigon, pan gyrhaeddon nhw'r gatiau, pwy oedd yno i'w croesawu nhw ond Lee. Gan nad oedd yn gwybod gwell, gadawodd Cliff Oswyn Hughes-Dafis yr ysgol yn fodlon bod ei fab yn nwylo 'gofalus' Lee Wheelan.

'Peidiwch worrio o gwbwl Mr Dafis,' galwodd y bwli ar ei ôl, 'fydd Huw'n saff gyda fi.' Yna trodd Lee ac ychwanegu'n dawel bach yng nghlust Huw – 'yn saff o gael ei ladd fel ei gath fach bathetig os ddywedith e un gair am y flonden!'

A dyna fuodd. Gyda chynifer o ddisgyblion o'i gwmpas, a'r bws yn aros amdanynt, chafodd Lee fawr o gyfle i gyffwrdd blaen bys yn Huw. Er gwaetha'r rhybudd diweddaraf 'ma, teimlai Huw fod anghofio am y floden yn amhosib, gan fod Lee mor benderfynol o'i atgoffa amdani o hyd.

'Dy sgarff di. Dim dadle. Jyst cymer hi, plîs.'

Roedd Huw allan o gyrraedd Lee, ond roedd Gwyn yn fater arall.

Derbyniodd Huw'r sgarff oddi wrth y cochyn heb air o ddiolch a heb wneud unrhyw ymgais i symud draw yn y sedd i wneud lle iddo.

'Hei Huw *Horse* – beth yw'r mwng 'na?' Llais Bobi o'r cefn. 'Oes 'na dderyn wedi cachu ar dy ben di?'

Wrth i Bobi fwynhau chwerthin y merched, trodd Huw at y ffenest ac edrych ar ei adlewyrchiad yn y gwydr. Roedd y *Brylcreem* wedi methu unwaith eto, ac yn waeth na hynny, roedd ei dad wedi ei ddal wrth y drych.

'Ddylsa hogyn dy oed di fod yn siafio, nid yn chwara hefo'i wallt!' Doedd ganddo mo'r hyder i orffen steilio'i wallt ar ôl hynny, a nawr, gwelai yn ei adlewyrchiad yn y ffenest bod ei wallt yn fflat unwaith eto, yn fflop ac yn fethiant! Efallai y dylai geisio lliwio'i wallt er mwyn edrych yn fwy trendi. Hwyrach y byddai hynny'n tynnu'r sylw oddi ar ei wyneb hir, llwyd a'i lygaid bach fel llygaid mochyn.

Edrychodd Huw trwy'r ffenest a sylwodd ar arwydd y ffatri lle gweithiai ei dad – W.F.M., *Wheelan Friction Material*. Erbyn hyn byddai ei dad wrth ei beiriant ar y llinell gynhyrchu, yn gwneud darnau arbennig i frêcs. Roedd e'n gweithio oriau anhygoel – yn ystod y dydd a'r nos – yn gwneud yr un peth drosodd a throsodd. Roedd yn gweithio i dad Lee, o bawb! Yr un Wheelan, yr un teip â'i fab. Roedd ei dad yn diodde, fel yntau, o achos 'Wheelan', a hynny am gyflog pitw.

'Huw Tawel – hei, Huw! Ma' Shelley Dim Tits ishe snogio ti, Huw!'

Roedd y chwerthin bron mor uchel â sŵn Shelley yn sgrechian, a Huw unwaith eto'n destun jôc. Ai dyna fyddai e am byth? Fyddai unrhyw un yn ei gymryd o ddifri?

Daeth Miss Maloney i eistedd wrth ei ymyl gan wneud iddo deimlo'n fwy gwirion nag o'r blaen.

'Bach o gwmni?' gofynnodd.

'Dim diolch,' atebodd, yn swta.

'Ocê te,' meddai hithau gan stryffaglu i godi â chymorth ei ffon, ond roedd Bobi wedi sylwi arni.

'Hei, Miss Maloony, ma' gyda ti *toy-boy*!'

'A ma' gyda fi hon!' meddai'r athrawes, gan chwifio'i ffon uwch ei phen, 'a byddi di'n ei theimlo ar dy din yn y funed!'

Tawelodd y bws cyfan am eiliad, ond roedd pawb wedi arfer ag ymddygiad annisgwyl Maloney. Roedd geiriau'r hen bennill a wyddai'r holl blant yn syndod o agos at y gwir – '*Maloony Maloony – the moon makes her funny!*'

'Dysga i dy amddiffyn dy hun, Huw!' sibrydodd Miss Maloney wrtho gan droi i gyfeiriad blaen y bws.

Edrychodd Huw yn syn arni wrth iddi ymlwybro nôl i'w sedd. Yr union eiriau ddefnyddiodd ei dad! Y bore hwnnw ceisiodd ei dad bwysleisio bod eisiau iddo ddysgu i'w amddiffyn ei hun ac mai dyna pam ei fod e wedi prynu'r dillad Judo iddo. Roedd wedi bwriadu eu rhoi iddo fel anrheg Nadolig, ynghyd â thymor o wersi, ond yn sgil ei berfformiad bythgofiadwy'n y panto Nadolig roedd e wedi newid ei feddwl.

Wrth i'r bws arafu, edrychai Huw ar ei adlewyrchiad yn y ffenest o hyd. Gwelai greadur bach llwyd â sedd wag wrth ei ymyl. Teimlai'n fethiant llwyr, gan fod pob ymgais yr oedd wedi ei wneud i newid heb lwyddo. Doedd y *Brylcreem* ddim wedi llwyddo, ac ni fyddai jèl fymryn gwell. Fe fyddai'r Judo hefyd wedi methu, mae'n siŵr.

Dim ond gwyrth allai newid Huw Dafis.

I'r rhan fwyaf o'r disgyblion, roedd treulio bore mewn gwarchodfa natur yn arbennig o ddiflas. Hanner awr yn unig ar ôl cyrraedd, roeddent yn barod i fynd nôl am yr ysgol. Roedd unrhyw beth yn well na gorfod gweld mwy o anifeiliaid a rheiny'n cysgu, neu efallai'n sâl neu hyd yn oed wedi marw ers sbel! Doedd Huw ddim yn synnu fod cyflwr y rhan fwyaf o'r gwesteion mor wael o ystyried lleoliad anffodus y warchodfa. Roedd yn agos at ffatrïoedd y DDinas a hefyd yng nghysgod Trawsafon, prif bwerdy niwclear y wlad. Pa ryfedd fod yr ystlumod yn cysgu drwy'r nos yn ogystal â'r dydd?

Yn wahanol i'r lleill, roedd Huw wedi dechrau mwynhau, ac am unwaith, teimlai ei fod yn perthyn a bod ganddo rywbeth i'w ddweud wrth y criw.

'Gwalch ydi hwnna, a sgrech y coed ydy hwn, a gwiber ydi'r neidr draw fancw. A dyna i chi ddyfrgi, a charlwm a ffwlbart ac ystlumod clust hir ydy rhein! A llyffant dafadennog ydy hwnna'n y dŵr a madfall ddŵr gribog yw'r llall 'na wrth gwrs.'

'Wrth gwrs!' meddai Gwyn Goch yn reit grafog.

Edrychodd Bill Moony yn rhyfedd ar Huw, fel pe bai newydd gyrraedd o'r blaned Mawrth. *'But I can't see no ceffyl Huw Horse!'* meddai. 'Ac os ti mor *brainy* – beth yw'r *thing hairy* 'na fanna?'

'Wel Bill,' meddai Huw, gan gymryd saib er mwyn creu effaith, 'dwi'n amau mai . . . cath ydy honna.'

A chwarddodd y criw ar y twpsyn di-glem – hyd yn oed y rhai oedd mor dwp ag oedd e.

Ond byddai hyd yn oed Bill yn siŵr o nabod y draenog yn iawn. Cyn y gallent ei weld, roedd rhaid iddynt gerdded i waelod cae a oedd yng nghysgod atomfa Trawsafon. Doedd Huw ddim yn deall yn iawn pam fod angen i warchodfa fel hon ddal anifeiliaid, ond o'r diwedd dyma gyrraedd y bocs oedd yn cynnwys yr anifail anlwcus.

'Dwi bron yn siŵr mai draenog sy' yna,' meddai'r warden yn bwysig wrth estyn y blwch, 'nes i glywed rhyw snwffian rhai oriau yn ôl.'

Oriau mewn bocs! Meddyliodd Huw am y wardrob. Fe fydd o'n ddraenog arbennig o bigog!

Bum munud yn ddiweddarach, doedd dim golwg o'r draenog o hyd. Roedd y warden yn gwylltio erbyn hynny, ac roedd yn ysgwyd y bocs yn ffyrnig.

'Falle ei fod e yn sgwishd,' meddai Bobi'n dra phwysig.

'Neu wedi marw o ofn,' meddai Shelley.

'Yn *scared stiff* yn llythrennol,' ychwanegodd Gwyn Goch, ond wnaeth neb werthfawrogi ei jôc e.

'Neu falle,' a dyma gynnig Bill Moony! 'Falle ei fod e yn cachu – nagyw hejog yn cachu trwy'r Gaeaf?'

'Yn cysgu!' meddai Huw'n ddiamynedd. 'Cysgu ma' draenog trwy'r Gaeaf!' A dyma pawb yn chwerthin ar ben Moony unwaith eto, ac nid ar ben Huw fel y bydden nhw'n arfer ei wneud. Wel, pawb ond Gwyn Goch, a oedd yn sefyll yn syn heb hyd yn oed gwên ar ei wyneb.

Trodd Miss Maloney at y warden yn ddiamynedd. 'Gadwch lonydd i'r cradur – mae'n gaeafgysgu mae'n siŵr.'

'Na na, mae'n reit effro!' meddai'r warden yn grac. 'Dwi'n gallu gweld ei lyged e'n fawr ac yn goch!'

'Yn goch?' holodd Huw gan gamu ymlaen. 'Dowch weld neu fyddwn ni yma drwy'r dydd.'

A chyda hynny o eiriau, estynnodd Huw ei law a'i gwthio i'r bocs. Dyna pryd y teimlodd e'r dannedd yn cnoi – yn brathu at y gwaed a chaledwch yr asgwrn. Gollyngodd y bocs gyda sgrech.

'Dim ond *scratch* bach, dwi'n iawn!' meddai wedyn yn syth. 'Roedd y draenog 'di dychryn – ma' pawb isho'i amddiffyn ei hun.'

Roedd ei ben yn troelli fel top ac yr oedd e'n siarad gormod – effaith y sioc mae'n siŵr. Ond fe welodd e ddraenog anarferol o fawr yn dianc a

44

rhedeg o'r bocs, mor gyflym â milgi, i gyfeiriad pwerdy Trawsafon.

'Dwi'n *champion*,' mwmianodd Huw, 'fyddai'n iawn.'

Cyn llewygu a chwympo i'r llawr.

Pennod 7

Wrth gerdded i'r ysgol fore dydd Llun, teimlai Huw'n rhyfeddol o dda. Yn rhyfedd a phell ac eto'n well nag a deimlodd erioed – fel dyn oedd wedi cysgu am wythnos. Ac yn wir, ers i'r 'peth' yna'i gnoi, roedd wedi cysgu yn anarferol o drwm am oriau ac oriau.

Nid oedd yn cofio llewygu, na'r daith yn yr ambiwlans, na fawr ddim am yr ysbyty chwaith. Gallai gofio deffro ar y ward a chlywed nyrs yn dweud wrtho am fynd adref ac y byddai popeth yn iawn yn y bore. Ar ôl gadael yr ysbyty a mynd adref i'r byngalo, aeth yn syth i'w wely ac yn ôl i gysgu'n drwm.

A dyma fe nawr, ar ôl trwmgwsg rhyfeddol ac wedi brecwast anferthol, yn cerdded i'r ysgol ac yn teimlo'n . . . wel ie – rhyfeddol. Edrychodd Huw ar ei law unwaith eto. Roedd y graith wedi mynd! Er bod Huw bron yn siŵr fod cnoiad y draenog wedi cyrraedd yr asgwrn ei hun, nid oedd hyd yn oed awgrym o graith i'w gweld ar y croen. Mor rhyfedd, mor ddryslyd ac od.

Ond y peth odia i gyd ac anodda i'w esbonio oedd y profiad a gafodd ar ôl gadael y byngalo gynnau. Roedd yn methu'n lân â chroesi heol brysur y rowndabout. Nid oedd Huw'n hoffi heolydd ta beth. Roedd yn nerfus, fel mae llawer, wrth groesi. Ond heddiw, fe fethodd â chroesi o'r byngalo i'r palmant yr ochr arall o gwbwl. Doedd byth digon o fwlch rhwng y ceir i Huw allu symud cam. Oni bai am ei dad, fe fyddai Huw'n dal i sefyll fel delw wrth ymyl yr heol. Roedd ei dad yn meddwl mai trio osgoi mynd i'r ysgol oedd ei fab. Doedd Huw ei hun ddim yn deall pam fod cymaint o ofn croesi'r heol arno y bore hwnnw, ond roedd yr un teimlad brawychus yn cynyddu unwaith eto wrth iddo agosáu at gât yr ysgol, neu'n hytrach, y palmant yr ochr arall i'r heol iddi.

Safodd Huw yn stond ar y palmant gan wynebu'r gât yr ochr draw i'r heol. Rhuthrodd ei galon wrth glywed y ceir yn mynd heibio.

'Hei, Huw.'

Gwelodd Katrin yn pwyso ar y gât – yn disgwyl am Lee, mae'n siŵr.

'O, haia!' atebodd Huw gan sylwi pa mor drawiadol roedd Katrin, wedi'i gwisgo mewn du a'i chroen hi mor wyn â marwolaeth.

'Ti ddim gwa'th ar ôl y busnes pwy ddwrnod?'

'Na,' gwaeddodd Huw dros ddwndwr y traffig, heb fod yn siŵr os oedd hi'n sôn am frathiad y draenog neu'r bwlio yn y sw. Gwyliodd y ddau y ceir.

'Daw gap yn y funed,' gweiddodd hithau.

'Fyddai'n iawn, mi af i at y groesffordd draw fan 'cw.'

Peidiodd y ceir. Roedd yr heol yn glir.

'Dere mlân te.'

Ond roedd Huw'n cerdded i ffwrdd.

'Hei, Huw – gelli di groesi.'

Cerddodd Huw ymhellach oddi wrth Katrin ac ymhellach o'r ysgol i chwilio am help i groesi.

'Hei, Huw – be sy'n bod? Wna i ddim cnoi! Dim draenog ydw i!'

'Doniol iawn,' galwodd Huw dros ei ysgwydd, yn synnu fod y stori wedi lledu mor glou.

Croesodd Huw'r heol yn saff, yng nghwmni rhai o blant yr ysgol gynradd a gyda help dyn lolipop oedd yn gwenu fel clown. Diolchodd iddo'n gwrtais gan deimlo'n real ffŵl a rhuthro nôl i gyfeiriad yr ysgol. Roedd mewn cymaint o frys, bu bron iddo beidio â sylwi ar y ddau oedd wrthi'n snogio rownd cornel. Adnabu'r *spikes* melyn melyn a sgidiau sglefrio'r bachgen oedd â'i freichiau o gwmpas y flonden. Fe welodd e'r gwe a'r pry copyn oedd ar gefn y crys hoci a oedd ddwywaith yn rhy fawr i'w berchennog heb y *pads* oddi tano. Cyflymodd Huw ei gerddediad rhag ofn i Wheelan ei weld, ond roedd hwnnw'n rhy brysur yn caru.

Erbyn iddo gyrraedd gât yr ysgol, roedd Kat wedi

mynd – wedi blino disgwyl am Lee, ac wedi anghofio am ymddygiad od Huw.

Erbyn gwers ola'r dydd, Gwyn ac nid Lee oedd yn ei boeni, yn mwydro ei ben am y draenog a'r brathiad a'r ffaith fod y graith wedi mynd.

'O'n i gyda ti'n yr ambiwlans, wir!'

Ddywedodd Huw ddim wrth y cochyn.

'A nes di siarad yn dy gwsg. Ti ishe gwbod be wedes di?'

'Nacdw, ond ti'n siŵr o ddeud yr un fath!'

Chwaraeon oedd gwers ola'r dydd – y wers yr oedd Huw'n ei chasáu yn fwy nag unrhyw un arall. Yn waeth byth, roedden nhw'n chwarae rygbi – neu yn achos Huw, yn treulio awr a hanner yn ffoi rhag y bêl a phob chwaraewr arall oedd ar y cae, gan gynnwys y rhai oedd yn yr un tîm ag e. O'r diwedd, roedd y gêm drosodd.

'Mewn i'r *showers* yna bois! Y'ch chi'n fochedd!' gorchmynnodd llais cras Mr Protheroe.

Dwi ddim, meddyliodd Huw. Roedd yn lanach na glân ac roedd yn gas ganddo ddangos ei gorff yn yr ystafell newid. Cuddiodd Huw y tu nôl i Bill Moony wrth newid. Roedd y prop yn gwneud wal eithaf da. Rasiodd Huw i wisgo'i wisg ysgol. Ni thrafferthodd i gau botymau ei grys cyn gwisgo'r siwmper drosto – ond roedd Mr Protheroe, oedd ar ei ffordd allan o'r ystafell, wedi ei weld.

'Clyfar iawn Dafis bach, ond ddim digon clou! Os na fyddi di wedi bod yn y gawod erbyn i fi ddod nôl, fe wna i dy lusgo di i mewn 'na yn dy ddillad!' Aeth yr athro allan gan wenu. Roedd Huw bron yn siŵr iddo wincio'n gynllwyngar ar Moony wrth fynd.

Ond yn fwriadol neu beidio, yr athro a blannodd y syniad ym meddyliau plentynnaidd y bois. Braidd bod y drws wedi cau ar ôl Protheroe ac roedd Huw yn y gawod, yng nghanol y dŵr a chwerthin y bois, ac yntau'n gwisgo'i ddillad o hyd. Ar ôl gwlychu at ei groen, fe dynnodd ei siwmper ac yna'i grys. Stopiodd y chwerthin yn syth wrth i'r bechgyn syllu'n syn arno. Oedd e'n gymaint â hynny o *wimp* meddyliodd. Ddylai e ddim fod wedi tynnu'i grys!

'Beth rŵan? Ewch o 'ma.'

'*He's a* mwnci!' cyhoeddodd Bill Moony gan bwyntio at gefn Huw. Ac ychwanegodd Bobi Reed, 'Gorila yw Dafis ddim bachgen fel ni! Gorila neu Chewbacca o *Star Wars*!'

Ailddechreuodd y chwerthin, ac roedd rhai o'r bechgyn yn nadu a neidio fel mwncïod ac eraill yn chwifio ac yn troelli eu tywelion fel pe baen nhw'n chwipio'r 'mwnci' oedd yn y gawod.

'Ie, chwipiwch e bois!' gorchmynnodd Bobi gan ddawnsio. 'Chwipiwch ei gefen e – glou.'

Roedd Huw wedi'i gorneli a phwysodd drosodd er mwyn ei arbed ei hunan. Wrth wneud hynny, dangosai mwy o'i gefn – cefn arswydus o flewog, yn ddu ac yn arw fel carped. Nid oedd y tywelion yn brifo ond teimlai Huw ei hunan yn gwylltio. Roedd ei waed bron â bod yn berwi a rhuthrai ei galon mewn ffordd nad oedd wedi'i deimlo o'r blaen. Nid oedd arno ofn o gwbwl, ond teimlai ddicter, gwylltineb, a'r gwallt yn codi ar ei gefn. Roedd yn mynd i ymladd yn ôl am y tro cyntaf erioed. Roedd y tywelion yn dal i'w chwipio'n ddidrugaredd. Unwaith eto, ac fe fyddai'n ffrwydro a neidio a bwrw nôl. Fe fyddai'n ei amddiffyn ei hun fel y byddai anifail yn ei wneud. Ond cyn i Huw gael cyfle i wneud unrhyw beth, dyma Gwyn Goch – o bawb! – yn neidio i'r canol a gafael yng ngwar Bobi Reed.

'Protheroe!' Daeth gwaedd y gwarchodwr o'r drws a sgrialodd y bechgyn fel ieir o'r cawodydd. Pawb ond tri. Daeth Protheroe i mewn i weld Huw yn y gawod yn ei drowsus o hyd. Wrth ei ochr roedd Gwyn Goch oedd yn dal pen Bobi Reed dan ei fraich.

'Gwyn Jinj, be ti'n neud? Gad Bobi i fynd.'

'Nid Gwyn o'dd ar fai!' protestiodd Huw, ond yn ofer.

'Ca' dy geg Dafis bach. Sai'n mynd i wrando ar fachgen sy'n gwisgo'i drowsus i'r *shower* myn yffach i!'

Dim ond gwên gam gafodd Gwyn yn ddiolch gan Huw wrth i'r ddau gerdded nôl at eu cornel nhw o'r stafell newid.

'Wnes i'm gofyn am help,' meddai'r un blewog. 'Fedra i amddiffyn fy hunan yn iawn!'

'A fyddi di'm ishe benthyg 'y nillad Judo i chwaith te?' ymatebodd y cochyn gan estyn ei fag. 'Edrych – dillad sy'n sych ac yn dwym.'

Edrychodd Huw ar ei ddillad ei hunan yn socian ar lawr.

'Neu ma' croeso i ti ddala niwmonia!'

Nid oedd dianc rhag Gwyn. Rhag ei help. Rhag ei gwmni. Roedd yno fel cysgod o hyd.

Pennod 8

Roedd llygaid y byd yn gwylio Huw, wrth iddo gerdded trwy'r gât i gyfeiriad y bysys. Oedd, roedd yn sych ac yn gynnes ond roedd e'n teimlo fel prat yn gwisgo dillad Judo yng nghanol môr o ddillad ysgol.

'Hei, Gwyn,' gweiddodd Huw arno wrth ei weld yn rhuthro at y bws. 'Sut ei di i dy wers Judo heb dy ddillad?'

'Sdim ots. Ga' i fenthyg rhai sbâr,' atebodd Gwyn yn ddidaro.

'Ond doedd na'm rhaid i ti eu rhoi nhw i mi o gwbwl.'

'Na, ti'n iawn,' galwodd Gwyn wrth ddringo i'r bws, rhuthro am sedd ac agor y ffenest a gweiddi, 'ond fe wnes i, ac mae'n iawn.' Teimlai Huw'n lletchwith iawn wrth chwilio am y gair bach hanfodol.

'Wel do, ac mae'n siŵr ella y dylswn i ddeud . . .'

'Paid – ti ddim ishe – *so* paid,' galwodd Gwyn wrth i'r bws ddechrau ar ei daith. 'Ond *Spikey*! Pam na ddei di i'r wers Judo am saith? Fe gei di weld shwt ma' dala'r clo pen!'

Gwyliodd Huw'r bws nes iddo fynd o'r golwg â'r

gair *Spikey* yn pigo'i feddwl. *Spikey*? Fedrai e ddim bod yn *spikey*! Doedd e ddim wedi trio sbeicio'i wallt y bore hwnnw o gwbwl. Roedd e wedi blino ar fethu. Cododd ei law i deimlo'r gwallt a oedd fel crib ar ei ben! Roedd yn bigog fel celyn Nadolig! Ond roedd hynny'n amhosib! Allai e ddim bod yn . . .

Yna, fe sylwodd ar rywbeth wrth ymyl y ffordd. Roedd rhywbeth cochlyd yn gorwedd rhwng y pafin a'r heol. Dechreuodd Huw gerdded tuag ato. Beth oedd yn gorwedd yno? Dilledyn falle? Na – llwynog! Llwynog bach, brwnt yn gorwedd yn y baw ar ôl cael ei fwrw gan gar. Rhuthrodd Huw ato a phlygu wrth ei ochr gan ei anwesu a'i fwytho er mwyn trio'i adfywio.

'Mae'n rhy hwyr,' meddai Katrin Kidd wrth ei ochr.

O ble ddaeth hi mor ddisymwth â chath?

'Ond no wê, dio'm yn iawn!'

'Mae 'di marw ers sbel – nes i ei weld e'n y bore pan wrthodes di groesi.'

'Ac aru ti'm trio'i helpu!' protestiodd Huw'n ddagreuol.

'Ond roedd y peth wedi marw.'

'Paid a'i alw fo'n hynna! Fuodd o'n anadlu fel ni cyn i rywun gwallgo wneud hyn iddo fo. Ma'n rhaid i ni ei olchi o'n iawn.'

Syllodd Katrin yn syn ar y dagrau yn llygaid Huw wrth iddo deimlo i'r byw dros anifail a oedd wedi marw ers oriau.

'Ddoi di hefo fi Katrin? I helpu?'

Chafodd hi'm cyfle i ymateb wrth i gar sgrialu i stop wrth eu hymyl.

'Ti'n barod te, secsi?' holodd Lee Wheelan trwy ffenest agored ei gar.

'Beth yffach ti'n neud yn y car 'na?' arthiodd Katrin, yn gwybod fod Lee'n rhy ifanc i yrru.

'Whilo amdanat ti, cariad. *So*, dere. Neith dadi'm gweld ishe un car bach am gwpwl o orie!'

'Sai'n mynd i unman gyda ti yn y car 'na. Fi'n aros fan hyn,' cyhoeddodd Kat yn bendant.

'Gyda'r ffŵl na yn fanna? A beth ddiawl yw'r peth drewllyd na lawr fan 'na? Ych!'

'Ella ma' ti laddodd o Lee,' meddai Huw'n or-hyderus. 'A chditha heb ddysgu sut ma' gyrru go iawn.'

'Wel ddoi mas i ddysgu gwers i ti nawr os ti moyn. Fyddi di'n *road-kill* fel hwnna. Blydi cadno *fur-coat*. Smo fe'n dda i ddim byd!'

'Fel dy ferchaid di ia?' tasgodd Huw yn ôl, heb ystyried beth yr oedd e'n ei ddweud ac yn methu rheoli ei dymer.

'Be wedes di?' gofynnodd Lee.

'Dim,' atebodd Huw yn swta, â'i waed yn berwi'n beryglus.

'Dweda mwy, Huwcyn bach,' heriodd Lee ef.

'Ie plîs,' meddai Kat, 'mae hyn yn swnio'n ddiddorol!'

Ond roedd Lee wedi gweld rhywbeth du'n y drych. Rhywbeth tal yn y pellter.

'Beth yw hyn am dy ferched di Lee?' aeth Katrin yn ei blaen. Roedd hithau hefyd wedi sylwi ar y plismon yn nesáu.

'Dere mewn te Kat – fi'n mynd,' meddai Lee heb ei hateb.

'Be? Ti ofon y plisman? Neu ofon cyfadde'r gwir!'

'Sa'i ofon dim byd, ond fi'n mynd – jwmpa miwn.'

'Sai'n dod gyda ti Lee. Fi'n helpu Huw gyda'r cadno.'

'Yn ei helpu? I neud beth?'

Gwelodd Lee fod y plismon yn tyfu'n ei ddrych.

'Ti'n *dead* Dafis, *dead*!' oedd ei eiriau olaf wrthynt.

Ar ôl iddo fynd, cododd Huw y llwynog marw. Dim ond syllu'n llawn syndod wnaeth y plismon a'u gwylio nhw'n mynd – merch dal, gosgeiddig wedi'i gwisgo mewn du yn cerdded ochr yn ochr â bachgen oedd yn gwisgo dillad Judo ac yn cario llwynog marw yn ei freichiau.

'Gad i fi dy helpu di gyda hwnna,' cynigodd Kat.

'Na, mae'n iawn,' meddai Huw, 'fe wnei di faeddu dy fenig.'

'Ma' nhw'n ddu, felly beth yw'r ots. Ddim yn wyn fel o'dd dy ddillad di gynne!'

Sylwodd Huw'n bryderus ar y dillad Judo – dillad Gwyn nad oeddent yn wyn erbyn hyn! Gadawodd Huw i Katrin ei helpu i gario'r llwynog a cherddodd y ddau i gyfeiriad y byngalo bach. Wedi cerdded trwy'r parc a lawr i'r ffordd tanddaearol, fe gododd y ddau yr ochr arall i'r twnnel at y cylchfan prysur.

'Be! Fanna ti'n byw?' holodd Kat hefo gwên. 'Y byngalo 'na ar ganol y rowndabout!'

'Ia, ond fyddai'n iawn yn fan yma,' meddai Huw, er ei fod yn poeni'n ofnadwy am groesi'r heol.

'Na na, dere mlân, na'i dy helpu di i'w gario fe i'r tŷ.'

'Ond mae'n andros o brysur –'

'A gallwn ni groesi da'n gilydd! *Come on.*'

Gyda Kat yn ei helpu – a chyda'i lygaid ar gau – fe lwyddodd y ddau i groesi. Arafai'r ceir i edrych ar yr olygfa anarferol. Wedi cyrraedd yr ochr arall fe sylweddolodd Huw ei fod yn gafael yn dynn ym mraich Kat.

'O sori,' meddai gan adael fynd a chochi at ei glustiau.

'Mae'n olreit – be sy'n bod?'

'O'n i'n gafel yn dy fraich di!'

'Ac mae'n iawn i ti neud – a gweud y gwir o'dd hi'n haws gyda'n breichie ni'n sownd. Dere mlân.'

Cerddodd y ddau fraich ym mraich at y drws gyda'r llwynog fel babi'n eu breichiau. Anghofiodd

Huw am ei ofnau a mwynhau'r funud yn fawr. Trueni nad oedd ei dad yn y tŷ i'w weld yn cyrraedd adre gyda merch am y tro cyntaf erioed. Daeth Kat at y drws ond gwrthododd wahoddiad Huw i fynd i mewn.

'Na – fydd Mami'n fy nishgwl i. Fydd hi gatre o'r sbyty erbyn hyn.'

'Be? Nyrs yw dy fam – neu feddyg?'

'Na,' meddai Katrin. Doedd hi ddim eisiau dweud mwy, ond ychwanegodd, 'Cancer.'

'Dwi wir yn sori,' meddai Huw. 'Do'n i'm yn gwbod, heb feddwl –'

'Mae'n olreit, sa'i wedi gweud wrth bron neb.'

Sylwodd Huw arni'n chwarae â defnydd ei menig di-fysedd.

'Ond i fi'n falch o ga'l gweud wrthot ti Huw. Fydden i'n lico dod i dy nabod di'n well. Ti'n foi od Huw, gwahanol. A ma' hynna'n fwy diddorol na dim.'

Gwenodd Huw wrth drio meddwl a oedd hynna'n beth da ai peidio, a gwyliodd Katrin yn cerdded at y gât.

'Huw?' Trodd hi nôl yn sydyn, ac anelodd ei chwestiwn fel saeth tuag ato. 'Beth o't ti'n feddwl pan wedes di gynne am Lee – nad o'dd e'n becso am ei ferched?'

'Dwn i'm . . . dwi'm yn cofio.'

'Pa ferched? Dere mlân – beth o't ti'n feddwl yn gwmws?'

'Dim byd,' baglodd Huw, yn trio dod o hyd i ateb, ond yn methu am fod y flonden yn llenwi'i feddyliau. 'O'n i 'di gwylltio na'i gyd ac wedi ypsetio am y llwynog – a bod Lee ddim yn poeni o gwbwl.'

'Os ti'n gweud,' meddai Kat yn ei amau o hyd. 'Dwi eriôd 'di cwrdd â neb sy'n gallu poeni fel ti – mor ofalus o anifail 'di ladd.'

Cerddodd Kat yn ôl ato a chrynodd Huw Dafis. Roedd hi'n mynd i roi sws ar ei foch! Ond fe dorrodd sŵn mewian ar ei thraws ac edrychodd y ddau at eu traed.

'Blac Belt!' gweiddodd Huw, 'rwyt ti'n fyw!'

'Do'n i'm yn gwbod fod cath da ti.'

'A do'n i'm yn disgwl ei gweld hi byth eto!' Ysai Huw am gael ei chodi a'i chofleidio. Ond roedd y llwynog yn ei freichiau o hyd!

'Cymer hwn,' meddai'n sydyn gan estyn y llwynog at Kat.

'Na, wir – rhaid i fi fynd neu fydd Mam –'

'Ia siŵr,' meddai Huw'n ymddiheuriol, 'dwi wedi dy gadw di'n rhy hir fel y mae.'

'Ddim o gwbwl, o'n i ishe helpu.'

'A diolch am wneud,' galwodd Huw ar ei hôl.

'Ond ma ishe i ti siafo,' chwarddodd Katrin wrth ruthro i gyfeiriad yr heol. 'Chei di'm sws wrtha i fyth os na nei di!' Gwelodd Kat fwlch yn y traffig a rhedodd i gyfeiriad y *subway*.

Roedd hi'n mynd i nghusanu i go iawn, meddyliodd Huw. Oni bai am Blac Belt fe fyddai hi wedi gwneud! Ond ag yntau mor hapus o'i chael hi yn ôl nid oedd posib iddo wylltio â'r gath.

Aeth Huw ati i olchi'r llwynog a'i gladdu'n ofalus o dan y goeden yn yr ardd. Yna cododd Blac Belt i'w freichiau o'r diwedd. Fe'i mwythodd yn hir ond ni symudodd o'r fan ac ni sylwodd ar y glaw'n dechrau disgyn.

Roedd y bachgen a'r gath unwaith eto fel un, a'r llwynog yn y pridd wrth eu hymyl – yng nghanol y lawnt oedd yng nghanol y gylchfan oedd yng nghanol y ceir ar eu taith. Ceir fel yr un a wnaeth daro'r llwynog a'i ladd wrth iddo deithio trwy galon y DDinas.

Pennod 9

Llond neuadd o glustiau'n gwylio trwmpedwr.
Prifathro'n pry cropian yn ddistaw o'r llwyfan a'r
clustiau'n clywed pob cam. Mae'r ffanffer yn tewi
a'r llenni'n agor i ddangos ceffyl sy'n barod i fynd –
ei fwng bron â ffrwydro a'i lygaid yn sgleinio at y
sêr.

   Mae'r neuadd yn llyncu ei phoer,
   yn aros,
   yn aros,
   a dyma fe'n tasgu, yn neidio, yn codi . . . yn baglu
yn ôl ar ei din. Mae'n llithro fel meddwyn neu
gorryn mewn bath ac mae'r coesau ôl yn neidio
ymlaen a'r ceffyl yn ei farchogaeth ei hun!

   Nes i'r siwt ddechrau rhwygo, ac mae'r pen
blaen yn cael cyfle i ffoi oddi wrth y boi boncyrs yn
y pen ôl, sy'n dangos potel i bawb.

   'Ti'n feddw Huw Dafis?' meddai'r prifathro a'i
wyneb yn biws.

   'Nid fi syr – y pro cypyn wnaeth yfed, ddim fi.'
   'Mi wyt ti!' sgrechia'r prifathro.
   'Dwi'm yn chwil syr o gwbwl – dwi'n ffegyl na'i
gyd. Yn un sobor o sâl ond dwi'n ffegyl!'

   A dyma'r bachgen yn cwympo i freichiau'r

prifathro nes fod pawb yn codi eu dwylo dros eu bochau mewn braw. Dwylo sy'n wynnach a glannach na gwyn. Heb farc na brycheuyn . . . na chorryn i'w weld yn unman.

Mae'r bachgen yn chwilio ond nid oes corryn yn agos at yr un bawd na bys. Mae llaw'r Prifathro yntau hefyd yn lân wrth iddo afael yn y bachgen a'i lusgo fel pry i'w ystafell.

Ond dyma rhywun o rywle'n rhoi bloedd. Y prifathro? Neu'r bachgen? Neu un o'r plant sydd ar eu traed? Llais merch . . .

'Naaaaaaaaaaaaaaaaaaaaaaaaaaaaaaaaaaaaaaa!'

Mae'n dod draw at y bachgen a'i gipio o ddwylo'r Prifathro.

'Gadewch lonydd i Huw, nid fe sydd ar fai! Lee wnaeth ei dwyllo fe i yfed.'

Angyles mewn du yn dod i'w achub o we anghyfiawnder. Ei dillad hi'n ddu, a'i hewinedd a'i menig di-fysedd yn dduach na'r nos . . . ond ei llais fel y wawr.

'Fi'n dy garu di Huw,' meddai wrtho gan ei dynnu'n agosach ati, 'ceith Lee fynd i'r diawl.'

A dyma hi'n gwasgu ei gwefusau dros gryndod ei geg ac mae'r bachgen yn llewygu i'r llawr. Wedi meddwi ar gariad a vodka!

'Huw? Huuuuw? . . .

. . . Huuuuw? Ti'n clywed?'

Dihunodd Huw Dafis o'i ddelwi breuddwydiol.

'Fan hyn Huw. Fi fan hyn!'

Edrychodd Huw i fyny ar wyneb anfodlon Kat Kidd.

'Odw i'n anweledig neu be? Fi'n sefyll fel lemwn fan hyn!'

Roedd Huw'n eistedd ar ei ben ei hun yn y ffreutur ac wedi gadael i'w feddwl garlamu.

'Ers pryd?' holodd Huw'n freuddwydiol o hyd.

'Ers pryd odw i'n lemwn?' holodd Katrin yn sur. 'Galla i ishte fan hyn?'

'Wel ia. Ocê. Cymer sedd os ti isho,' meddai Huw gan drio swnio'n ddi-hid.

Ond roedd ei galon yn rasio a chydiodd yn ei fwyd i gadw'i ddwylo rhag crynu.

'Na'i gyd 'yt ti'n byta? Tocyn o fara a llaeth?'

'A selsig,' ychwanegodd Huw.

'Ond sosej heb ei chwcan!'

'Dwi'n licio nhw fel'na, ac mae'n ddigon i fi,' meddai Huw'n amddiffynnol, 'a nesh i ddeffro'n rhy hwyr i allu gneud dim byd arall cyn dod o'r tŷ heddiw.'

'O'dd hi'n rhy hwyr i ti siafo 'fyd! Nes i weud 'thot ti nithwr am neud.'

'Ond fe wnes i, rôl codi.'

'Gat dy gelwydd. Ma' dy wyneb di'n flewiach i gyd.'

Cyffyrddodd Huw â'i ên. Roedd y blew ar ei wyneb yn dew, dim ond ychydig oriau ar ôl iddo siafio! Fe chwarddodd yn swil a phesychodd yn lletchwith. Roedd rhywbeth rhyfedd iawn yn digwydd i'w gorff.

'Ti'n tyfu na'i gyd,' cysurodd Katrin ef, gan sylwi ar ei swildod. 'Ond ti'n dal yn foi od,' meddai wedyn ar ôl saib. 'Sai'n dy ddeall di'n iawn. Ti'n cŵl a sai'n deall cweit pam. Ond ti'n bendant yn *freaky*. Fel fi.'

'Wel diolch,' meddai Huw, heb fod yn siŵr sut i ymateb cyn i Kat ychwanegu –

'A ma' dy winedd di bron 'run mor hir â'n rhai i.'

Edrychodd Huw ar ei ddwylo gan synnu o weld ei ewinedd hir. Ceisiodd eu cuddio o dan y ford.

'Paid a'u cwato nhw'r twpsyn. Pam na all bachgen gadw'i winedd yn hir?

'Ond nes i eu torri nhw gynna.'

'O'dd hynny cyn i ti siafo neu wedyn?' holodd Katrin yn grafog.

'Ond fe wnes i – dwi'n gaddo!'

'A fyddi di'n gweud wrtha i nesa mai'r glaw sy' wedi sbeico dy wallt di.'

Byddai'n haws credu hynny, meddyliodd Huw wrth deimlo ei wallt, achos unwaith eto, nid jèl wnaeth y job. Roedd e wedi deffro mor hwyr ar ôl cysgu mor drwm chafodd e'm amser i chwarae â'i wallt y bore hwnnw, ond roedd ei dad wrth ei fodd pan welodd ei farf. 'Huw Dafis! O'r diwedd, ti'n ddyn!' Ni welodd ei dad y carped oedd yn tyfu ar ei gefn.

'A gallet ti eu peintio nhw'n ddu fel rhai fi 'sa ti'n moyn.'

Sylwodd Huw ar fysedd Kat o gwmpas y can. Roedd ei hewinedd hi'n ddu, ond roedd ei bysedd yn fain fel esgyrn yn gwthio o ddüwch ei maneg.

'Ydy Lee'n gwisgo menig drwy'r amser?' Gofynnodd Huw'r cwestiwn heb feddwl.

'Be wedes di?'

'Lee? Yn gwisgo menig bob amser?'

'Ody Lee'n gwishgo menig fel fi!? Wel ody – ond pam?'

'Mond meddwl,' meddai Huw'n dechrau cloffi, 'wel, am brynu menig fy hun.'

Mewn gwirionedd, roedd Huw yn meddwl am y corryn bach du. Fe fyddai'n rhaid iddo dynnu maneg Wheelan i gael gweld ei law. Neu gofyn i Kat. A fyddai'n iawn iddo ofyn a oedd gan ei chariad hi datŵ?

'Wel, *love you and leave you* – mae'n rhaid i fi fynd.' Cododd Kat i'w thraed, yn dal a diddorol, ei gwallt hi'n fframio wyneb a oedd yn bertach na'r un wyneb arall a welodd Huw erioed. A oedd e'n cwympo amdani? Roedd un peth yn siŵr, doedd e ddim eisiau iddi adael y bwrdd.

'A sut oedd dy fam di neithiwr ta?' Teimlai'n euog yn syth – am gwestiwn creulon i'w ofyn, dim ond er mwyn ei chadw hi yno.

'Yn rhy dost i fi sôn am y peth,' atebodd Kat yn

swta a'i llygaid hi'n wyrdd ac yn oer fel rhai cath. 'Ond diolch i ti am ofyn,' meddai wedyn o weld ei ymateb. 'Ac am dy gwmni di eto. Sneb yn lico byta cino heb gwmni.' Estynnodd hi draw i gyffwrdd ei wallt a gadael i'w llaw ddisgyn ar ei ysgwydd.

'Mae'n iawn,' meddai Huw gan deimlo'n rhy gyffrous i allu sylwi ar y bachgen oedd yn camu i'w cyfeiriad. 'Be arall ma' ffrindia i fod . . ?'

'*Ffrindie* da iawn weden i!'

Camodd Lee rhwng y ddau.

'O ble ddes di?' gofynnodd Kat yn syn.

'Nes ti'm y ngweld i te Kat? Wel na – o't ti'n rhy fishi yn gafel yn hwn.'

'Ffarwelio na'i gyd' meddai Katrin yn syth. 'A ga i fod yn ffrindie â phwy bynnag fi moyn.'

'Fyddi di'n whare gyda gwallte dy ffrindie di i gyd? A beth nesa ar ôl hynna?'

'Wel gwed di wrtho i!' meddai Katrin. 'Wedi'r cwbwl, ma gyda ti nifer o ferched sy'n dipyn o ffrindie!'

'Sai'n deall!' Tro Lee oedd hi i dawelu nawr.

'Ti'n gwbod yn iawn! Ma gyda fi lyged fy hunan.'

'Be – llyged sy'n siarad?' meddai Lee gan amneidio at Huw.

'Dwi'm di agor y ngheg,' meddai Huw a'i lygaid wedi'u hoelio ar y llaw – maneg ddu wedi ei gwasgu i ddwrn.

66

'Paid â'i dwtsha fe Lee! Mae'n rhy gyhoeddus fan hyn.'

'Na'i fwrw fe mewn lle sy'n breifat mewn muned!'

'Dere mlân,' meddai Kat, 'awn ni o ma.'

'Fi sy ei pia hi Huw!' meddai'r bwli wrth droi, 'y fi a neb arall, ti'n deall?'

Ac aeth allan trwy'r drws a'i faneg ddu ar ysgwydd ei 'eiddo', a'r llaw arall ym mhoced ei chot. Y menig eto. Roedd Huw bron yn siŵr bod y menig yn cuddio pry copyn.

'O grêt – ti heb orffen.' Daeth Gwyn Goch at y ford yn chwilio am gwmni.

'Ia, wela'i di Gwyn.'

'Ond paid mynd – ti heb orffen dy fwyd.'

'Bwyta di o,' meddai Huw wrth godi.

'Ond ma gyda fi gnau,' meddai Gwyn yn siomedig 'a brechdan *peanut butter* i rannu 'da ti.'

'O'n i 'di ama' erioed dy fod ti'n nyts!'

'Ti'n nabod dy debyg!' atebodd Gwyn yn bwdlyd gan gnoi ei gnau. 'Fel taset ti yn foi normal dy hunan!'

'Fwy normal na chdi!' meddai Huw gan droi i fynd.

'Dere mlân y'n ni'n dou ishe cwmni.'

'Ma' gin i ffrindia Gwyn Jinj!' meddai Huw dros ei ysgwydd.

'Pwy? Rheina o'dd ar hast i dy adel di!'

Ond roedd Huw hefyd ar frys a gwyliodd y cochyn e'n rhuthro am y drws. Roedd e'n dechrau amau fod rhywbeth yn wahanol am Huw heblaw am y gwallt – yn amau fod hyd yn oed Huw'n fwy pigog nag arfer.

Pennod 10

Cymerodd hi awr a deg munud i Huw gerdded adref o'r ysgol. Cyn y cnoi, fe gymerai hanner yr amser, cyn y *paranoia* a'r *phobia* am yr heol a'r traffig. Roedd hi bron bod yn bump o'r gloch arno'n codi o'r ffordd tanddaearol, ac wedi munudau o ddisgwyl am y bwlch angenrheidiol yn nhraffig y gylchfan, fe groesodd yr heol i'r byngalo a rhuthro i'r bathrŵm i siafio ei wyneb cyn i'w dad gyrraedd adref. Roedd y lle fel y bedd heb ddim ond sŵn raser i'w chlywed yn hollti'r tawelwch.

Cofiodd Huw yn sydyn am y gath. Ble'r oedd Blac Belt? Fel arfer, fe fyddai yno'n ei ddisgwyl adref, ond heno doedd dim golwg ohoni. Galwodd ei henw. Gollyngodd y raser i'r sinc cyn gorffen siafio, ac aeth allan o'r bathrŵm â hanner ei wyneb yn flewiach o hyd, fel hanner dyn gwyllt. Rhuthrodd drwy'r tŷ gan alw enw'r gath. Roedd yn siŵr fod rhywbeth mawr wedi digwydd iddi. Heblaw am yr adeg y buodd hi ar goll ar ôl bod yn y sw, nid oedd diwrnod wedi mynd heibio ers iddo ei chael gan ei fam, pan nad oedd Blac Belt wedi ei groesawu adref o'r ysgol. Ar ôl marwolaeth ei fam, roedd hi fel petai yno ynghynt, yn aros wrth y drws cyn iddo gyrraedd, yn ei ddisgwyl fel y byddai ei fam yn arfer gwneud.

Agorodd Huw'r drws ffrynt ac aeth allan gan alw'i henw o hyd, a phoeni y byddai'n dod o hyd iddi, fel y llwynog, yn un hefo wyneb yr heol. Fe weiddodd ac fe alwodd nes y clywodd e lais cyfarwydd.

'Ti'n lico cathod, Huw?'

Deuai'r llais o ochr arall y ffordd.

'Ti'n lico Katrin lot gormod. Ddylset ti fod yn becso mwy am dy gath di dy hunan!'

Gwelodd Lee Wheelan ar ochr allanol y gylchfan. Gwisgai llafn-rolwyr ar ei draed, ac edrychai yn barod i fynd.

'Lle mae hi?' gweiddodd Huw'n gynhyrfus wrth ruthro at y gylchfan.

'Yn saff gyda fi,' meddai Lee gan fwytho'r bag a oedd ganddo'n ei law nes bod hwnnw fel pe bai'n mewian mewn braw.

'Dwi'n dŵad B.B.,' galwodd Huw wrth iddo groesi'r heol ar garlam – mor wahanol i'r Huw Dafis arferol.

'Da iawn!' oedd ymateb Lee. 'O'n i wedi gobitho ca'l ras.' Sgrialodd capten y tîm hoci i gyfeiriad y *subway*.

Rhedodd Huw fel milgi ar ei ôl. Roedd mantais gan Lee gan fod y palmant yn disgyn fel trac gan ei wneud yn gwbwl addas ar gyfer ei sglefriau.

'Ty'd nôl,' gwaeddodd Huw, gan ddilyn Lee i lawr o dan wyneb y lôn. 'Fydd y gath yn methu anadlu'n y bag.'

Nid bod Huw'n llwyddo i anadlu rhyw lawer ei hun. Roedd yn tuchan, yn poeri, ac yn gwthio ei gorff yn galetach nag y dylsai wrth geisio dal y boi gwallgo oedd o'i flaen.

'Hei stopia – plîs stopia!'

A do, fe arafodd Lee Wheelan! Fe wastadodd y ffordd tanddaearol a phwysodd Lee ei sawdl ar y llawr. Oedd e'n poeni am y gath? Am roi cyfle i Huw allu trio'i hachub? Fe safodd yng nghysgodion di-olau y twnnel. Sylwodd bod y bylbiau uwch ei ben wedi torri. Gadawodd i Huw ddod yn nes ac yn nes. Arhosodd yn llonydd nes i Huw ddod o fewn cyrraedd iddo, yna symudodd o'i afael. Amserodd ei ddihangfa'n greulon o berffaith. Fe bwysodd ymlaen o gyrraedd Huw cyn gwthio ei hunan i ffwrdd unwaith eto.

'Fi pia pws!' chwarddodd Lee wrth sglefrio i ffwrdd. 'A fi pia Kat.' Gadawodd Huw Dafis yn y twnnel, yn tuchan fel tarw a'i lygaid yn cymylu'n goch.

Yna, fe arafodd Lee unwaith eto er mwyn rhoi cyfle arall i'r tarw ei ddal. Fel *matador* medrus, roedd Lee yn chwarae â Huw – yn ei demtio, yn ei flino ac yn ei wylltio o hyd. Llwyddodd Huw i fynd yn nes ato y tro yma, yn arteithiol o agos at ei gath a'i ddwylo'n ymestyn ymlaen at y bag, ond llithrodd Lee Wheelan o'i afael ar yr eiliad olaf.

'Bron bod!' heriodd hwnnw. 'Ond tri *chance* i bob Cymro.' A rowliodd Lee a'r bag ymlaen rownd cornel y twnnel nes bod Huw'n methu ei weld e o gwbwl.

Roedd y bag a Blac Belt wedi diflannu. Gallai Huw glywed sŵn ei mewian trwy'r gwaed yn ei glustiau, ei theimlo'n dioddef trwy waed ei wythiennau, ac fe'i gwelodd hi eto'n y bag yn yr afon a'i fam yn ei hachub o'r dŵr. Bag arall. Diwrnod arall. Ond Huw arall oedd hwn oedd yn clywed y gath yn dioddef heddiw, a Lee Wheelan yn ei herio o hyd.

'Hei Huwcyn . . . miaaaw! . . . dere mlân o . . . miaaaaaw! . . . hei Huey mae dy gath di yn galw.'

Stopiodd Huw Dafis. Roedd y gwaed yn cynhyrfu yn ei glustiau. Roedd ei wallt yn codi. Roedd yn teimlo'i hun yn newid! Gallai deimlo'i gorff yn tyfu! Yn gwylltio! Doedd e ddim yn gallu stopio beth bynnag oedd yn digwydd iddo. Ac yn fwy rhyfedd fyth, roedd e bron yn mwynhau'r peth.

Stopiodd Wheelan pan sylweddolodd nad oedd Huw yn ei ddilyn y tro hwn. Gwrandawodd am sŵn traed ond sŵn anadlu a glywodd e'n gyntaf – anadlu annaturiol o ddwfn ac anghyson, fel trên yn arafu a chyflymu yr un pryd, neu darw oedd wedi drysu heb wybod os oedd e'n mynd neu'n dod. Clywodd y swn yma'n dod yn agosach ato. Beth oedd yno? Cai weld yn y man, mewn eiliad, oherwydd roedd yn nesáu ar gyflymder aruthrol. Nid oedd Lee wedi clywed y fath chwythu, y fath ysgyrnygu erioed o'r blaen – ac yna'r traed yn rhyw fath o garlamu. Nid swn esgidiau oedd yno, ac nid swn traed fel rhai dyn ac eto nid swn carnau fel ceffyl chwaith. Ac yna, fe'i gwelodd. Roedd yn debycach i . . . i beth? Yn debyg i . . . ddim byd a welodd erioed!

Ble yffach oedd Huw? Oedd y peth 'ma wedi ymosod arno fe? Wedi'i ladd e? Ei fwyta fe? Trodd Lee a ffoi. Fe sglefriodd Lee Wheelan i fyny o'r twnnel ynghynt nag y sglefriodd i lawr iddo!

Dihangodd Lee allan i'r nos. Diolchodd i'r duwiau ei fod yn gwisgo'i sglefriau wrth iddo ruthro trwy'r parc am ei fywyd. Gallai glywed yr 'anifail' yn dod ar ei ôl fel corwynt trwy'r coed ac yn gweiddi ei gynddaredd. Wrth i Wheelan sglefr-rolio am ei fywyd trwy'r DDinas roedd B.B.'n mewian yn ôl ar y creadur a gododd o'r twnnel, fel pe bai'r ddau yn deall ei gilydd yn iawn.

Tawelodd y creadur ar ôl cyrraedd y parc. Baglodd i gysgod y coed i guddio rhag llygad y lleuad. Yno, fe gwympodd i'r llawr, a chysgodd yn rhyfeddol o drwm yn y drain.

Pennod 11

Pan agorodd Huw Dafis ei lygaid, sylwodd ar y brigau uwch ei ben. Brigau? meddyliodd cyn cau ei lygaid unwaith eto'n gysglyd. Yna, 'Brigau?' gweiddodd gan agor ei lygaid led y pen a gweld awyr lle dylai gwaelod ei wely fod. Neidiodd Huw i'w draed ac edrych o'i gwmpas yn wyllt. Roedd e yn y parc! Roedd e wedi cysgu o dan y llwyni'n y parc! Rhaid bod golwg y diawl ar ei ddillad. A dyna pryd y sylweddolodd ei fod yn noeth!

Aaaaaaaaaaaaaaaaaaaaaaaaaaaaaaaaaaaaaaaaaa!

Edrychodd Huw o'i gwmpas yn wyllt ond doedd dim golwg o neb, diolch byth. Beth ddiawl oedd wedi digwydd iddo a beth oedd e'n mynd i'w wneud nesaf? Doedd ganddo ddim syniad. Wedi'r cwbwl, dyma'r tro cyntaf iddo ddihuno'n noethlymun mewn parc! Heb ddeilen na dim byd arall i guddio'i gywilydd – â'r coed heb eu dail – roedd hi'n dduach ar Huw nag oedd hi ar Adda ac Efa yng ngardd Eden.

Dianc. Roedd yn rhaid iddo ddianc i rywle ar frys. Rhuthrodd yn reddfol i gyfeiriad y twnnel. Roedd brith gof ganddo o fod yno. Gallai gofio rhywbeth am Lee . . . a Blac Belt mewn bag . . . a gwylltio? Ie gwylltio, a gweld dim byd ond coch. Brysiodd Huw mewn panic trwy'r coed gan geisio cadw'n agos at y llawr. Symudai ar ei bedwar, fwy neu lai, fel anifail. Wrth agosáu at y ffordd tanddaearol, ceisiai chwilio am rywbeth fyddai'n ei atgoffa o'r hyn oedd wedi digwydd, ac ar yr un pryd, gweddïai na fyddai neb yn ei weld.

Ar ôl cyrraedd y *subway*, fe welodd olygfa a barodd i'w waed rewi. Ar ganol y ffordd tanddaearol, fe ffeindiodd ei ddillad wedi'u rhwygo'n rhacs. Roedd cefn ei grys wedi'i rwygo o'r coler i'r gwaelod. Ond roedd blaen y crys yn gyfan a'r botymau'n dal ar gau. Edrychai ei siwmper fel pe bai rhywun wedi rhwygo'r cefn â chyllell â dannedd anwastad, ac roedd ei drowsus yn hollol ddiwerth. Clymodd yr hyn oedd yn weddill o'i grys am ei ganol gan ddefnyddio'i dei fel belt. Roedd hynny'n well na dim byd, ond beth nesa? Roedd mynd adre'n amhosib â'i ddillad yn y fath gyflwr. Roedd meddwl am wynebu ei dad yn gwneud iddo grynu i gyd. Yna, fe gofiodd am y gornel ailgylchu oedd yr ochr arall i'r parc. A fyddai dillad yn fan'na? Aeth yn ôl am y parc er mwyn sleifio trwy'r coed at y maes parcio a'r sgipiau ailgylchu oedd yno.

Trwy lwc, trwy ragluniaeth, roedd yna fag ar y llawr oedd heb gael ei wthio trwy ddrws y banc dillad. Roedd y dillad yn rhy fawr iddo, ac edrychai Huw fel y trempyn rhyfedda. Gwisgai jîns oedd yn dyllau i gyd, a siwmper binc a phâr o esgidiau â phatrwm croen llewpart arnyn nhw. Ond roedd yn gynnes, o leia, ac roedd hyn yn well na rhedeg trwy'r parc yn borcyn!

Beth nawr? Byddai ei dad yn sâl gan ofid erbyn hyn, ond gwyddai Huw y byddai trio esbonio'n amhosib. Beth fyddai ei stori? Sôn am Wheelan a'r gath? Sôn am sut y rhedodd ar ôl Lee er mwyn achub B.B? Sôn am sut y gwylltiodd gymaint nes iddo droi'n . . . beth? Beth oedd wedi digwydd iddo? Doedd e ddim yn gwybod. Doedd e ddim yn deall. Ond mi roedd e'n gwybod na fyddai ei dad, na neb arall, yn deall chwaith.

Cerddodd Huw i gyfeiriad y briffordd yn hytrach na throi am adref. Gwelodd ddau beint o lefrith wrth ddrws tŷ ar y gornel. Roedd yn awchu am y llaeth ond wrth estyn am y poteli, sylwodd ar ei ddwylo. Roeddent yn anarferol o flewog a'i ewinedd yn anarferol o hir. Ei ewinedd yn hir a'r ddinas yn cau, yn crafangu o gwmpas ei ben. Roedd e wedi bod yma'n rhy hir. Rhaid oedd mynd nôl i'r Wlad – dianc i'r caeau a'r coedydd a mynd nôl adref, lle y bu'n hapus a rhydd. Doedd e ddim yn perthyn i'r DDinas o gwbwl. Doedd e ddim yn ei nabod ei hunan fan hyn. Doedd dim un ffrind ganddo ar ôl yma nawr, gan fod Blac Belt wedi mynd am byth y tro hwn. Rhaid oedd dianc i'r Wlad a mynd yn ôl at ei fam, i Goed Du, i'w gartref go iawn.

Ond fe yfodd y llefrith cyn mynd. Dau beint ar ei ben.

Pennod 12

Roedd hi'n ganol y p'nawn arno'n cyrraedd. Bu am oriau yn trio bachu lifft ar y briffordd. Dyn lorri wnaeth stopio'n y diwedd. Er gwaetha'r siwmper binc a'r esgidiau anghyffredin, cafodd hwnnw, fel pawb arall, gryn drafferth i weld Huw, gan ei fod yn sefyll mor bell o ochr yr heol. Cafodd lifft yr holl ffordd i'r gogledd yn y lorri. Bu'n cerdded am ddwy awr wedyn, cyn cael lifft arall, mewn car y tro hwn. Erbyn hyn roedd e bron â chyrraedd y tŷ. Chwe cham arall, efallai saith, ac fe fyddai ar gopa bryncyn lle gallai edrych lawr ar ei gartref – Ffermdy Coed Du. O'r diwedd – dacw fe yn y pant! Ac eto, nid ei gartref ef oedd yno o gwbwl! Fe welai adeilad, ond nid dyna'r cartref lle y cafodd ei fagu. Roedd rhai muriau wedi mynd a rhai eraill wedi'u codi. Beth oedd pwynt teithio mor bell er mwyn gweld fod dieithriaid wedi chwalu'i gartref am byth? Gwyliodd y gweithwyr yn bwrw ymlaen yn ddifeddwl, yna gorweddodd yn ôl o dan coeden gyfarwydd a chysgodd mewn gwrych unwaith eto.

78

Awr yn ddiweddarach, roedd y gweithwyr wedi gadael, ac roedd Huw i lawr wrth y tŷ. Cerddodd o gwmpas y buarth gan ail godi'r adeiladau yn ei feddwl a gweld y lle fel yr oedd yn arfer bod. Triodd chwalu'r ychwanegiadau newydd dieithr – yr estyniad fan draw a'r bwthyn bach newydd ar gyfer ymwelwyr wrth ymyl y tŷ. Trodd i gyfeiriad y sgubor a gwenodd. O leiaf roedd honno'n gyfan o hyd, ac roedd y drws heb ei gloi.

Wrth gerdded mewn i'r sgubor, camodd Huw yn ôl i'w blentyndod. Roedd yr un arogl yno o hyd, y gwair sych wedi'i chwalu ar y llawr, a'r un marciau ar y trawstiau uwchben. Y sgubor oedd ei hoff le yn y byd pan oedd yn blentyn. Byddai'n arfer dringo at y trawstiau, gan hongian a neidio oddi wrthynt. Cofiai iddo dwrio i grombil y bêls un tro, nes iddo golli un esgid am byth. Yma fe fu'n bwydo ŵyn llywa'th, gan gymryd gofal arbennig am y rhai amddifad. Unwaith neu ddwy, cafodd gyfle i dynnu oen gan bod ei ddwylo ef gymaint yn llai na dwylo'i dad. Ond doedd dim llawer iawn o ddefaid ar y fferm, a doedd Huw ddim eisiau bod yn ffarmwr mewn gwirionedd. Roedd hynny'n siom enfawr i'w dad. Efallai mai clwy'r traed a'r genau oedd yr esgus dros werthu'n y diwedd. Neu, efallai mai colli'i fam oedd yr hoelen olaf go iawn. Ond gwyddai Huw ers blynyddoedd cyn hynny, fod arch y fferm wedi'i selio ac mai ei dad fyddai'r ffermwr olaf yn y teulu.

Cerddodd Huw i gornel bellaf y sgubor, ac at y gwair a oedd wedi chwythu'n un swp. Symudodd y gwair a gwelodd fod y dwylo yno o hyd. Roedd olion dau bâr o ddwylo wedi'u gadael yn glir yn y llawr – ei ddwylo fe'n blentyn wrth ymyl dwylo'i fam. Flynyddodd yn ôl, roedd ei dad wedi gosod llawr concrit newydd yn y sgubor. Sleifiodd ei fam ac yntau i mewn yno heb i'w dad eu gweld, a gadael olion eu cledrau'n y concrit gwlyb. Nawr, estynnodd Huw ei ddwylo, a'u gwasgu i'r llawr ar ben olion dwylo ei fam. Roedden nhw'n ffitio i'r dim – yn fwy na rhai plentyn ond yn llai na rhai dyn. Dwylo dynes, fyddai ei dad wedi dweud. Dwylo ag ofn gwaith yn eu hesgyrn . . . a dwylo oedd yn ofni bwlis.

'Sori Mam,' sibrydodd Huw gan feddwl eto am y ddamwain. 'Sori am fod yn ormod o fabi i fynd ar y bws at y bwlis. Sori, sori.' Yna, sylwodd Huw ar y corryn yn cerdded.

Roedd pry copyn yn croesi ei law. Heb feddwl, fe'i lladdodd. Fe'i gwasgodd yn slwtsh. Dyna ddylswn i fod wedi gwneud gyda'r bwlis, meddyliodd. Dyna wna i i Wheelan! Teimlodd Huw ei waed yn berwi unwaith eto. Teimlodd y gwallt, y gwyllt yn ei alw wrth iddo feddwl am Wheelan. Ond yna dychrynodd o glywed sŵn car.

Oedd y gweithwyr wedi dod yn ôl? Heb orffen y gwaith? Fyddai hynny wedi bod ganwaith gwell na'r hyn ddigwyddodd nesa. Clywodd lais yn galw arno.

'Huw? Wyt ti yma?'

Roedd ei dad ar y buarth!

'Hei Huw! Wyt ti yma?'

Neidiodd Huw i'w draed a rhuthro i gornel arall o'r sgubor ac at gyfrinach na wyddai hyd yn oed ei fam ddim amdani. Y drws cudd yn y llawr. Y *trap door* a oedd yn arwain i'r twnelau a'r den – dihangfa Huw pan oedd yn blentyn.

'Un cyfla a dwi'n mynd – os wyt ti yma, ty'd allan!'

Roedd llais ei dad yn agosach o lawer erbyn hyn. Rhaid ei fod e'n cerdded i gyfeiriad y sgubor. Roedd Huw wrth y drws cudd, wrth fynedfa'r twnelau – ond roedd y drws wedi ei gau ac ar glo! Wel wrth gwrs, damiodd Huw – y fe wnaeth ei gloi mor ofalus! Roedd dihangfa o fewn cyrraedd yr ochr arall i'r drws – troedfeddi o dwnelau tanddaearol – ond doedd yr allwedd hollbwysig ddim ganddo! Roedd y goriad am wddw Blac Belt! Dyna oedd yr allwedd oedd yn hongian o'i choler! Roedd y goriad a'r gath a dihangfa Huw unwaith eto yn nwylo Lee Wheelan!

Ond pan gamodd Cliff Oswyn Hughes-Dafis i'r sgubor ni welodd e olwg o neb. Dim ond olion ac atgofion nad oedd yn barod amdanynt. Atgofion a aeth at garreg ei galon.

'Dwi'n gwbod bod ti yma, Huw bach,' meddai'n drist wrth gerdded at y gornel fan bella. 'Fydd dy olion di yma am byth. Ti Huw . . . a ti Mair.'

Plygodd Cliff i lawr at y concrit a'r olion dwylo nad oeddent yn gyfrinach wedi'r cwbwl. Gwasgodd ei gledrau i olion rhai Mair yn union fel yr oedd Huw newydd wneud. Gwyliodd Huw'r olygfa ddwys mewn syndod o bellter. Roedd dwylo'i dad yn fawr ac yn drwsgwl ond yn gariad i gyd.

'Mae'n ddrwg gin i Mair. Ond dwi'n gaddo ei ffeindio fo wir. A dwi'n mynd i drio edrych ar 'i ôl o'n well. Ond mae'n anodd Mair fach. Hebddo chdi, nghariad i,' wylodd ei dad.

Gwrandawodd Huw ar y cwbwl o'r gwellt. Gwrandawodd ar ei dad yn agor ei galon, yna fe'i clywodd yn mynd am y car gan alw unwaith eto'n obeithiol:

'Dwi'm yn meddwl dy fod ti'n medru nghlywad i, Huw bach, ond plîs, os wyt ti – ty'd adra – dwi'n sori.'

Wrth i'w dad danio'r car fe gododd Huw o'i guddfan. Arhosodd yn y sgubor nes ei fod yn gwybod fod y car wedi mynd yn ddigon pell. O'r diwedd, fe gamodd i'r nos a gweld golau'r car yn diflannu i'r tywyllwch. Meddyliodd am Ben. I ble arall yr ai ond at Ben. Ben, Ben Draw'r Byd, ei hen ffrind a oedd yn hŷn na'r mynyddoedd o'i gwmpas, ac yn driw fel y graig. Yr unig ffrind oedd ganddo ar ôl yn y byd.

82

Pennod 13

Roedd dringo'r tyle at Fryn Esgyrn, sef tŷ Ben, fel mynd i fyd arall. Wrth groesi'r afon ar waelod y bryncyn, roedd y cerddwr yn croesi rhyw ffin anweledig i fyd oedd ar wahân i'r byd hwn – i fyd lle'r oedd natur yn nes atoch chi, lle'r oedd dynion bron yn medru deall siffrwd y coed a rhegi anghwrtais y brain. Byd lle'r oedd dyn ac anifail yn agosach i'w gilydd.

Roedd hi'n braf cael gweld y sêr unwaith eto, meddyliodd Huw. Ar ôl golau dienaid y ddinas, roedd hi'n dda cael dilyn lampau naturiol y nos a cherddodd Huw yn ei flaen heb orfod edrych i lawr. Roedd Huw yn adnabod y trac defaid fel cledr ei law; pob carreg a phob twll ac amlinelliad pob coeden a gwrych ar y ffordd. Edrychodd Huw i gyfeiriad y tŷ. Nid oedd golau i'w weld ond gwyddai Huw y byddai Ben yn ei gadair yng nghanol y tywyllwch a golau'i ddychymyg ar dân. Dyma dŷ heb drydan na channwyll ond a oedd yn fwy goleuedig na'r un arall yn y byd.

Daeth Huw at lidiart y tŷ, gan fyseddu'r esgyrn mân oedd wedi'u clymu i'r ffrâm. Agorodd y gât gan ddisgwyl cyfarchiad cyfeillgar y ci. Daeth y ci ato a'i got wen yn disgleirio yng ngoleuni'r lloer. Er mawr syndod i Huw, sgyrnygodd y ci'n fygythiol arno gan ddangos ei ddannedd a dechrau rhuthro'n fwriadol ato.

'Fi Huw sy ma!' Ceisiodd ei dawelu ond roedd ei lais yn grynedig. Ofnai Huw ei fod yn mynd i gael ei gnoi gan anifail unwaith eto, ond yna daeth llais i'w achub.

'Na, Blaidd!'

Tawelodd y ci.

'I'r cwt, Blaidd – i'r cwt.'

Ciliodd y ci, oedd yn wyn fel y wawr, ond ni thynnodd ei lygaid oddi ar y bachgen. Safai ei glustiau coch i fyny'n fygythiol.

'Henffych Huw bach,' meddai'r dyn, er nad oedd e'n medru ei weld.

'Doedd Blaidd ddim yn fy nabod o gwbwl!' dywedodd Huw yn syn.

'Fydd o'n iawn yn y munud,' meddai Ben yn bwyllog.

'Dyw e ddim yr un ci!'

'Yr un Blaidd ydi o siŵr. Ella ma' chdi sy' wedi newid. Tydi o'm yn nabod yr Huw newydd o'r DDinas.'

Edrychodd Huw ar y llawr ond nid oedd dianc rhag sylw'r hen Ben.

'Awn ni i'r tŷ – mae hi'n oer – at y tân i gynhesu hefo sgwrs ac ychydig o win.'

Eisteddodd y ddau mewn tawelwch wrth i'r gwin blodau gynhesu ar y tân. Dim ond clecian y coed tân a sŵn y nant y tu fas oedd yn torri'r distawrwydd anesmwyth. Cuddiai Huw ei ewinedd wrth geisio meddwl am rywbeth i'w ddweud, ond Ben oedd y cyntaf i siarad. Pwysodd ymlaen yn ei gadair a thynnu'i wallt trwchus oedd yn wyn fel eira yn ôl, a'i glymu mewn cynffon. Sylwodd Huw ar ei glustdlysau aur – dau gylch mewn un glust yn disgleirio.

'Be' sy' Huw?' gofynnodd Ben.

'Dim byd.'

Ond nid oedd cuddio rhag Ben.

'Ti'n dawel.'

Saib.

'Ac mi rwyt ti wedi dod yma.'

Saib.

'Be' sy?'

Dechreuodd Huw siarad. Dechreuodd ddweud wrtho beth oedd yn ei boeni. Soniodd am ddiawlineb y DDinas – am y byngalo oedd fel carchar yng nghanol y gylchfan, am yr ysgol ac am Lee Wheelan, y bwli. Yna, am Kat Kidd ac am Gwyn Goch, yr unig rai a wnaeth unrhyw ymgais i'w groesawu. 'Ond dwi'm yn gallu gneud yn iawn hefo nhw hyd yn oed. Dwi'm yn gwbod be sy'n bod arna i. Dwi'm yn ffitio yno. Dwi'm yn perthyn i'r lle.'

'Fel nad oeddat ti'n perthyn fan hyn,' meddai Ben. 'Pam bod rhaid i ni *berthyn* i'r byd 'ma? Pam fod pobl yn treulio cymaint o amser yn brwydro i gael eu derbyn o hyd. Ai dyna pam y gwisgaist ti fel ceffyl?'

Syllodd Huw arno'n syn. Oedd e wedi sôn am y ceffyl? Doedd e'm yn cofio dweud gair am y ceffyl.

'Ond nid fi oedd ar fai am yr hyn ddigwyddodd yn y panto.'

'Ti yfodd y dŵr.'

'Ond y llaw â'r pry copyn!' gwichiodd Huw'n amddiffynnol.

'Ti wisgodd y wisg a ti agorodd y botel! Rhaid derbyn cyfrifoldeb am ein gweithredoedd 'sti Huw. Bod yn driw i ni'n hunain. Bod yn wahanol i bawb arall os oes rhaid.'

'Ond dwi *ddim* yn wahanol,' tyngodd Huw braidd yn uchel gan dynnu ei law trwy'i wallt. 'Dwi'n fi. Dyna'i gyd.'

'Yn union,' meddai Ben, 'bydd yn hapus â'r hyn wyt ti i fod.'

Roedd y gwin wedi cynhesu ac estynnodd Ben at y cawg i arllwys y gymysgedd i gwpan. Roedd yn frown fel dŵr ffos ac yn ogleuo fel gwair newydd ei dorri. Estynnodd gwpanaid i Huw ond stopiodd cyn ei roi iddo fel pe bai'n syllu ar ei fysedd, fel pe bai'n gweld, er yn ddall, fod ei ewinedd yn rhy hir.

'A beth am y mwng yna, Huw?'

Yfodd Huw heb ddweud dim.

'Wyt ti'n tyfu dy wallt? Galla i ei glywed e'n dynn ac yn drwchus.'

'Isho'i dorri na'i gyd.'

'A dwi'n medru clywed dy ewinedd di'n hir ar y gwpan.'

'Wel mae ffasiwn y DDinas yn newid o hyd,' meddai Huw'n amddiffyn ei hun unwaith eto.

'A dwyt ti ddim yn newid?' Roedd y cwestiwn mor graff nes bod Huw'n gorfod edrych i ffwrdd unwaith eto.

'Wel i hogia f'oed i mae'n naturiol i newid.'

'Ond mae 'na newid a newid 'sti Huw.'

Beth oedd Ben yn ei feddwl? Oedd e'n gwybod fod yna newid dychrynllyd ar waith ym mywyd Huw? Oedd e'n deall beth oedd yn digwydd iddo?

'Does na'm isho bod ofn 'sti – dim ond dwad i nabod dy hun. Wyt ti'n gwrando arna i, Huw bach?'

Syllodd Huw i ddyfnderoedd diwaelod y llygaid a gwrandawodd ar gyngor y nos.

'Paid ag ofni yr un bwli, yr un bachgen, yr un ferch, ond yn fwy na dim byd paid ag ofni dy hun. Rhaid i ti dy nabod dy hun, a dod i hoffi pwy wyt ti. Yna, rhaid i ti ddysgu i reoli dy hun.'

Clywodd y ddau rhyw sŵn yn y pellter a oedd yn dod yn nes.

Ond aeth Ben yn ei flaen. 'Wyt ti'n nabod dy hun, Huw?'

'Car!' Neidiodd Huw ar ei draed.

'Does na'm car 'di bod fan 'ma ers blwyddyn a mwy!' meddai Ben wrth i'r car ddod yn nes.

'Peidiwch deud mod i yma,' erfyniodd Huw arno.

'Wrth bwy?' holodd Ben.

'Y nhad! Rhaid i mi fynd.'

'Ista i lawr.'

'Ond fydd Dad ddim yn –'

'Aros,' gorchmynnodd Ben.

'Ond na, rhaid fi i fynd.'

'Aros!' Roedd Ben ar ei draed y tro yma. 'Rhaid i ti wynebu dy dad a wynebu pwy wyt ti. Wynebu dy ofnau am unwaith.'

Pennod 14

Cafodd Huw gyfle i ymolchi ac i ryw fath o siafio tra bod Ben yn cadw'i dad yn y drws. Daeth allan o'r diwedd â'i ddwylo o'r golwg yn ei bocedi.

'Adra – rŵan!' oedd unig eiriau ei dad cyn iddo droi am y car, yn rhy flinedig i golli'i dymer.

Ar y daith nôl i'r de, dewisai Huw ei eiriau'n ofalus wrth adrodd hanes Lee Wheelan a'r gath a'r ras i drio'i ddal yn y twnnel wrth ei dad.

'A *dyna* pam ddiflannais di heb air o esboniad! Am fod y Lee yma wedi bachu dy gath di!'

'Blac Belt yw'r unig ffrind sgin i yn y byd,' protestiodd Huw.

'Cath yw hi, Huw!' meddai ei dad yn rhwystredig. 'Fe ddylsat ti fod 'di ffonio o leia.'

'Dwi'n sori Dad, wir. Wnewch chi fadda i fi, plîs?'

Teimlai ei dad yn siŵr fod ymddiheuriad Huw'n hollol ddidwyll, ond roedd yn ei chael hi'n anodd i ymddiheuro ei hun. Canolbwyntiai ar yr heol ond roedd hefyd yn chwilio am ffordd i gyfathrebu â'r mab nad oedd eisiau'i golli fyth eto.

Yn y diwedd llwyddodd i ddweud, 'Dwi inna hefyd yn sori Huw. Mae'n ddrwg gin i am fod mor

89

bell ac mor oer. Ddylsa'm bod rhaid i chdi fynd at y crinc 'na pan wyt ti isho siarad.'

'Hei, tydi Ben ddim yn –'

'Na, ond faswn i'n dallt i ryw radda' tasa ti 'di mynd i'r fferm.'

Gwrandawodd Huw'n dawel.

'Es i yno 'sti Huw. Dwi di bo'n chwilio amdanat ti yng Nghoed Du, yn y sgubor. Yr un lle, yr un ogla. Roedd popath 'run fath ag yr oedd o, ond ei bod hi'n wag yno – mor wag. Dwi'n ei cholli hi'n ofnadwy, fel ti. Dwi'm mor galad ag wyt ti'n ama' y mod i, sti.'

Edrychodd Huw ar ei dad ond ni chyfaddefodd o gwbwl iddo ei weld yn y sgubor ei hun.

'Bob dwrnod, bob nos, fyddai'n chwilio amdani ac yn beio fy hun. Taswn i mond wedi gadal y blydi fferm 'cw am unwaith a mynd i dy nôl di o'r ysgol fy hun!'

'Na Dad, plîs peidiwch.'

'Taswn i mond wedi cofio fod yna fywyd i gael y tu allan i'r fferm, fasa dy fam yn dal yn fyw. Fasa Mair yn dal yn . . .' Tarodd y llyw wrth i'r dagrau ei dagu. Fe'i tarodd eto'n rhwystredig a blin.

Gwrandawodd Huw ar ei dad yn galaru am y tro cyntaf. Nid oedd wedi crio'n yr angladd. Bryd hynny fe frathodd y dagrau'n ôl, fel yr oedd Huw'r funud honno'n trio brathu ei dafod rhag cyfaddef mai y fe, ac nid ei dad oedd ar fai am y ddamwain.

'A beth ddiawl ydi'r dillad 'na Huw?' holodd ei dad yn reit sydyn er mwyn newid y pwnc.

'Wel, ia – be da chi'n feddwl o'r pinc?' meddai Huw'n ysgafn. 'Cesh i eu benthyg nhw am y tro gan Ben!'

'Gan Ben?' holodd Cliff Oswyn Hughes-Dafis yn syn gan sylwi ar yr esgidiau croen llewpart. 'Ddudis i ei fod o'n grinc!'

Chwarddodd Huw'r tro yma ac fe adawyd y mater i fod. Gwyddai Huw ei fod yn ffodus fod ei dad wedi blino ond roedd e hefyd yn teimlo eu bod nhw wedi siarad yn gall â'i gilydd am y tro cyntaf ers oes. Efallai y byddai eu perthynas yn well o hyn ymlaen.

Ar ôl teithio am rai oriau, fe gyrhaeddon nhw'r DDinas a'u byngalo bach o'r diwedd.

Y bore wedyn, roedd y teimlad fod pethau'n dechrau newid, yno o hyd. Doedd dim llawer o eiriau yn y sgwrs amser brecwast, ond roedd y bylchau llawn tensiwn a fyddai rhyngddynt fel arfer, wedi mynd. Yr unig arwydd o densiwn y bore hwnnw oedd gwaedd ei dad o'r bathrŵm.

'Beth ddiawl – sbia ar rhain – be ti'n gneud hefo'r blêds yma?'

'Siafio!' oedd unig ateb Huw wrth iddo chwilio'i ystafell am ddillad Judo Gwyn Goch.

'A ma'r sinc 'ma wedi blocio i gyd!'

Doedd dim rhyfedd, gan fod Huw wedi siafio'i gefn yn ogystal â'i ên. Roedd wedi edrych ar ei hunan yn y drych gyda hyder newydd y bore hwnnw. 'Pwy ti'n edrach arno, *Spikey*?' Dyna holodd e i'r boi yn y drych. 'Pwy ti'n edrach arno, pync? Ti'n edrach ar *fi*? Huw Tawel? Naci. Huw Hick? Edrach eto. Ti'n edrach ar *fi* a neb arall – ti'n deall? Huw Dafis. Huw Dafis. Huw Dafis!'

Ond ble ddiawl oedd y dillad Judo 'na? Roedd Huw ar frys gwyllt i ddod o hyd iddyn nhw cyn i'w dad eu gweld.

'Ti'n chwilio am rhain?'

Neidiodd Huw o glywed ei dad yn y drws.

'Dyma ti. Nesh i eu golchi nhw ddoe.'

A gwelodd ddillad Judo Gwyn Goch hefo'i dad wedi eu golchi a'u smwddio.

'Wel yndw, ia diolch!' meddai'n frysiog gan eu cymryd a'u gwthio i'w fag a mynd i gyfeiriad y drws ffrynt.

'Ond pwy sy' pia nhw?'

'Gwyn.'

'Ti wedi dechra cael gwersi!' meddai ei dad yn gyffrous wrth drio tanio'i smôc, 'y newyddion gora i fi glwad eleni!'

'Y . . . naddo.'

'Grêt!' Doedd ei dad ddim yn gwrando. 'Fasa dy fam wrth ei bodd ac ella rŵan cei di'r gath yna nôl!'

'Os chi'n deud, Dad,' ac agorodd Huw'r drws.

'Fe roith o Blac Belt yn ei hôl i ti'n saff pan welith o dy fod ti'n blac belt!'

Camodd Huw allan i'r bore heb boeni rhyw lawer fod ei dad wedi camddeall yn llwyr. Yn wir, nid oedd Huw fel pe bai'n poeni'n ormodol am ddim. Wrth ruthro trwy'r twnnel roedd ei feddwl am unwaith yn syndod o glir. 'Pwy ti'n edrach arno, *Spikey*?' gweiddodd nerth ei ben, a gadael i'r geiriau atseinio trwy'r *subway*. 'Pwy ti'n edrach arno, pync? Pwy ti'n edrach arno, Lee?' a chwarddodd wrth gofio'r braw oedd ar wyneb y bwli'r noson honno'n y twnnel. Lee Wheelan yn ffoi am ei fywyd . . . ond â B.B. yn ei feddiant o hyd! Achub Blac Belt oedd y peth cyntaf yr oedd e am ei wneud. Wedyn, byddai'n dial am dwyll y llaw â'r tatŵ arni.

Peidio ofni yr un bwli! Dyna ddywedodd 'rhen Ben, ac wrth iddo godi i'r parc a rhuthro ymlaen am yr ysgol dyna'r geiriau a ganai'n ei ben. 'Paid ag ofni yr un bwli, yr un bachgen, yr un ferch ond . . .'

Ond anghofiodd y gweddill. Anghofiodd bod yn rhaid iddo hefyd nabod a dysgu rheoli ei hun. Dod i nabod y 'bwli' y tu fewn iddo fe.

Pennod 15

'Ble mae hi?'

Er bod neb yno i werthfawrogi'r perfformiad, atseiniodd eu lleisiau trwy'r gampfa fel parti cydadrodd.

'Ble mae hi?'

Unwaith eto yr un pryd – Wheelan a Huw – y naill at y llall, yn holi am hanes eu cathod.

Ond aeth Lee yn ei flaen. 'Be' nest ti â Kat?'

'Dwi'm yn dallt!' meddai Huw.

'Na fi! Do's dim golwg ohoni!'

Roedd Lee wrthi'n chwilio ymhobman am Katrin ac roedd yn brasgamu'n rhwystredig trwy'r gampfa pan welodd e Huw. Ar ôl dryswch y twnnel roedd e braidd yn ofnus o Huw erbyn hyn ac yn siŵr fod gan Dafis rywbeth i'w wneud â diflaniad ei gariad.

'Ti wedi'i byta hi neu be?'

'Wedi be?' holodd Huw'n anghrediniol a'i lais fel eco'n y gwacter.

'Wedi'i lladd hi, te? Neu'n waeth' – yn tawelu ei lais – 'wedi'i bwydo hi i'r peth na'n y *subway*!'

'Yli, Lee,' meddai Huw.

'Na, paid – cadw draw!'

'Na'i ddim dy frifo di Lee!' camodd Huw yn ei ôl yn methu credu bod Lee'n ei ofni. 'A dwi'm yn gwbod dim am Kat!'

'Ond ti'n gwbod yn reit fod rhwbeth od wedi digwydd pwy nosweth!'

'Y cwbwl dwi'n wbod, yw mod i isho Blac Belt yn ei hôl.'

Camodd Wheelan ymlaen yn debycach i'r bwli arferol, ond edrychodd o'i gwmpas gan ostwng ei lais unwaith eto. 'Ti wedi gweud wrth Kat am y flonden yn do fe? Na pham dyw hi'm ishe 'y ngweld i!'

'Ddylswn i fod wedi! Ond dwi heb!' meddai Huw'n hyderus. 'Ac i be w't ti'n sibrwd? Pwy ddiawl sy am ein clwad ni fama?'

'Ond ma' na rwbeth wedi digwydd i Kat!'

'Fyddwn i byth yn brifo Katrin!'

'Ond ma' hi wedi mynd ers i fi fachu dy gath di. Dyma dy ffordd di o ddial!'

'Dial, O ydw, dwi isho dial,' meddai Huw gan gamu ymlaen, 'am fwy nag un rheswm. Yn un peth, beth am y menig 'na Lee?'

Tro Lee oedd hi i edrych yn ddryslyd nawr.

'Sgin ti rwbath i'w guddio?' Dechreuodd Lee gamu nôl am y wal wrth weld fod Huw'n dechrau gwylltio. 'Achos dwi wedi dy nabod di Lee. Ac ella bod Kat wedi dy nabod di hefyd o'r –' Stopiodd pan feddyliodd iddo glywed rhyw sŵn. 'Beth oedd hwnna?' Edrychodd Huw o gwmpas y gampfa'n nerfus.

'Y PRIF?' meddai Lee gan weld ei gyfle.

'Ond does neb . . . Hei, pwy sy' na? Dowch allan – pwy sy na?'

'Dy ffrind di o'r twnnel!' galwodd Wheelan wrth ffoi, 'fi'n mynd cyn i'r *thing* 'na ddod nôl!'

'Wyt ti'n fy ofni i neu beth?' galwodd Huw ar ei ôl, 'neu ofn cyfadda'r gwir wyt ti? Tynn dy fanag i weld be ti'n guddio!'

'Ishe ymladd wyt ti, Huw?' galwodd Lee'n ddigon saff wrth y drws. 'Ishe dwrn heb y faneg?'

'Isho Kat, dyna'i gyd!' cyn cywiro ei hunan, 'sori – cath – isho nghath!'

'Hei, *nice one*!' chwarddodd Wheelan wrth agor y drws. 'Be ma' nhw'n galw peth fel'na, pan ma'r gwir yn slipo mas mewn mistêc?'

Â'r bwli am adael ac yntau heb ei gath o hyd, fe weiddodd Huw'n wirion heb feddwl, 'Hei – heno, ar Sgwâr Amser, wrth y cloc ar y sgrin. Bydd yno am bump hefo'r gath – os ti isho gweld Katrin.'

Safodd Lee yn ei unfan. 'O'n i'n gwbod! Lle ma hi?'

'Fydd hi yno os ddoi di â B.B!'

Edrychodd Lee arno heb wybod yn iawn beth i'w gredu. Roedd Huw'n difaru'n barod – yn methu credu iddo addo'r fath beth!

'Fydda i 'na!' Roedd geiriau Lee'n diasbedain trwy'r gampfa. 'Pump o'r gloch wrth y cloc ar y sgrin. Bydd di 'na gyda Kat neu fyddi di a dy gath di yn *dead*!'

Aeth Lee allan gan adael Huw Dafis yn teimlo'n fach yn y gampfa anferthol. Gallai Huw glywed ei galon yn curo'n gyflymach wrth feddwl beth oedd e'n mynd i'w wneud? Os nad oedd Lee'n gwybod lle ddiawl oedd Katrin, pa obaith oedd ganddo fe, Huw? Ciciodd bêl fasged yn erbyn y wal a rhedodd o'r gampfa yn sicr o un peth – bod yn rhaid iddo ei ffeindio ar frys.

Ar ôl i'r drws gau ac i'r bêl fasged fowndio i stop, fe symudodd rhywbeth uwchben. Ymlaciodd Gwyn Goch yn ei guddfan. Llaciodd ei afael yn y bwrdd oedd yn dal y fasged a safodd yn stond ar y fasged ei hun – y cylch a oedd yn darged i'r bêl. Ystyriodd Gwyn yr hyn a glywodd ac a welodd ynghyd ag ymddygiad annisgwyl y ddau. Pa un oedd y bwli? Beth yn y byd oedd yn digwydd i Huw?

Safodd ar erchwyn metalaidd y fasged cyn neidio am raff a swingio at un arall a glanio heb sŵn ar y llawr yr ochr arall i'r gampfa. Roedd y bêl wedi rholio at y drws. Fe'i cododd, anelu, a'i thaflu ar draws pellter sylweddol y gampfa yn syth at y fasged. Disgynnodd y bêl trwyddi heb hyd yn oed cyffwrdd â'r ochrau.

'Pump!' meddai'n dawel wrth edrych trwy'r ffenest a gweld Huw Dafis yn rhuthro o hyd. Pump o'r gloch wrth y cloc ar Sgwâr Amser.

'Dal i ddishgwl dy ffrind newydd di, Huw?'

Edrychodd Huw ar y cochyn yn methu credu'i lygaid. Beth oedd hwn eisiau eto? Edrychodd ar y sgrin a gweld yr eiliadau digidol yn newid ac yna yn ôl ar y niwsans o'i flaen.

'Ti'n 'y nilyn i Gwyn!?'

'A nage pump nes di weud wrtho Lee? Mae bron â bod yn chwech.'

'*Sod off!*' mwmianodd Huw heb wrando'n iawn, yn poeni gormod am bethau eraill i feddwl sut yn y byd roedd Gwyn yn gwybod o gwbwl ei fod yma er mwyn cwrdd â Lee.

Ond aeth Gwyn yn ei flaen. 'A ble ma' Kat te?'

'Duda di!' atebodd Huw, oedd yn poeni amdani mewn gwirionedd erbyn hyn. Ar ôl ysgol, roedd Huw wedi galw yn ei thŷ ond roedd y llenni wedi'u cau a doedd dim golwg o neb yno.

'Ond eith Wheelan yn *bonkers*,' aeth y cochyn ymlaen nes bod Huw'n dechrau ei amau o'r diwedd!

'Hei un funud – be ti'n wbod am Wheelan?'

'Dim byd.'

'Ond sut ddiawl w't ti'n gwbod bod Wheelan i fod yn fan hyn?' gwylltiodd Huw.

'Gyda'r gath?' heriodd Gwyn er mwyn ei ddrysu ymhellach. Edrychodd Huw arno'n syn ond aeth Gwyn yn ei flaen.

'Dy gath di, sy' gyda Lee, i'w chyfnewid am Kat, ei gath e! Odw i'n iawn? Dyna drefnoch chi'ch dau?'

'Dwi'n warnio chdi Gwyn! Dwi'm yn gwbod sut uffar ti'n gwbod am hyn, ond paid chwara hefo fi – fyddi di wir ddim yn licio fi'n bigog!'

'O fi'n ofon ti nawr – fel ma' Lee wedi dechrau bod dy ofon di, *eh*?'

Edrychodd Huw arno'n fwy cas nag o'r blaen a'i lygaid yn dechrau cochi. Gafaelodd yn Gwyn.

'Dwi o ddifri Gwyn Jinj – dos o ma a phaid â nilyn i eto, ddim byth!'

'Ol reit!' chwarddodd Gwyn a llithro mas o'i afael. 'Cŵl *down*. Dim ond tynnu dy goes achan Huw. Beth yffach sy'n digwydd i ti?'

Ddywedodd Huw ddim.

'A sai'n dy ddilyn di reit! Digwydd pasio ar fy ffordd i wers Judo – a nele fe les i ti ddod gyda fi am unweth, fydde fe'n help i ti gadw dy cŵl!'

'DWI YN CŴL!' gweiddodd Huw, 'DWI'M YN GWYLLTIO O GWBWL!' meddai'n uwch cyn tawelu â chywilydd. Cofiodd Huw am y dillad oedd ganddo'n ei fag. 'Ac yli, cymer dy ddillad di nôl.'

'O'r diwedd,' meddai Gwyn. Yna, ail-feddyliodd. 'Na, cei di 'u cadw nhw – am heno. Os ddei di i'r wers.'

'Sawl gwaith sy isho deud?' sgyrnygodd Huw, a'i waed eto'n berwi. 'Dwi'm isho gwers Judo – a taswn i isho ma' dillad gen i yn y tŷ!'

A dyna'i diwedd hi wedyn. Nid oedd Gwyn am ildio. 'Be? Ma' gyda ti ddillad ond ti'n ormod o gachgi i'w gwisgo nhw?'

'Sgin i'm ofn, Gwyn.'

'O na? Ond os o's gyda ti ddillad! Ti ofon rhywbeth ma'n rhaid weden i.'

Edrychodd Huw ar ei ffrind ac yna i fyny ar y cloc. Roedd hi'n chwech o'r gloch a doedd dim golwg o Lee.

'Ti ofon colli mewn gornest 'da fi?' holodd Gwyn unwaith eto'n ei herio, yn gwybod yn iawn sut i'w drechu.

Edrychodd Huw ar Gwyn Goch oedd yn dal y dillad Judo'n ei law. 'Be, ofn colli i chdi? Dwi'm yn meddwl.'

A derbyniodd Huw'r dillad a'r her.

Pennod 16

Er gwaetha'r prysurdeb a'r nerfusrwydd yn yr ystafell newid, nid oedd Huw'n gallu anghofio am Lee. Wrth dynnu'i grys, â'i gefn at y wal mewn ymdrech i'w guddio, edrychodd Huw ar Gwyn a meddwl am eiliad cyn gofyn,

'Wyt ti erioed wedi gweld Wheelan heb fenig?'

'Sori?'

'Lee Wheelan – welis di ei ddwylo fo erioed?'

'Siŵr o fod – sai'n gwbod! Pam?' holodd Gwyn.

'Wel, oes ganddo fo . . ? Stopiodd. Roedd e'n swnio mor od, 'wel, rhyw fath o farc ar ei law?'

'Beth?'

'Tatŵ neu fan geni? Dwi isho gwbod.'

Ond nid oedd Gwyn yn ei ddeall o gwbwl. Aeth Huw ymlaen i ddweud wrth Gwyn am yr hyn ddigwyddodd ar ddiwrnod y panto – am y botel a'r llaw, ac am y corryn a welodd mor glir. Ond doedd Gwyn ddim yn barod i amau mai Lee Wheelan oedd yn gyfrifol am feddwi Huw. A dweud y gwir, roedd ganddo fwy o ddiddordeb yn y 'carped' oedd ar gefn Huw.

'Be?' holodd Huw'n dechrau colli amynedd,

'ti'm yn meddwl fasa Lee'n ddigon o ddiawl i wneud rhywbeth mor gas?'

'Na, meddwl dwi ei fod e'n ormod o ddiawl i drafferthu neud rhywbeth mor fach. Rhoi *vodka* mewn dŵr? Ma' na fwy o ddrygioni – a drygioni lot mwy – sy'n mynd â'i amser e, Wheelan, cred ti fi.'

'Be ti'n feddwl?'

'Dim byd.'

'Na na – duda mwy! Be ti'n wbod am Lee?' holodd Huw'n eiddgar.

'Digon i weud wrthot ti am gadw draw wrth y bwli. Ma' Wheelan yn beryg, jyst creda fi Huw! A ma' ffansïo'i wejen e'n lot fwy dansierus na dim.'

'Pwy sy'n . . . be? Hei, un funud, be ti'n awgrymu, Gwyn Goch?'

Ond roedd y wers ar fin dechrau, ac nid oedd Gwyn am ddweud mwy heblaw am holi unwaith eto am y cefn.

'Dim ond blewiach, Gwyn Goch,' meddai Huw'n eithaf pigog, 'fyddi di'n deall os fyddi di rywbryd yn ddyn.'

Tro Huw oedd hi i ddod i ddeall yn ystod yr awr nesaf. Deallodd am y tro cyntaf beth oedd athroniaeth y ddisgyblaeth a elwir yn Judo. Er ei fod wedi cael benthyg dillad Gwyn Goch, bu'n rhaid iddo gael benthyg belt arall gan y clwb – belt wen ac nid un ddu fel un Gwyn. Gwyn, melyn, oren, gwyrdd, glas, brown a du. Dyna'r drefn, ac roedd Huw reit ar waelod yr ysgol ac yn methu deall o gwbwl sut llwyddodd Gwyn i gyrraedd mor uchel, mor glou? *Black belt* ac yntau'n gymaint o *wimp*!

Ond nid ymladd oedd y nod, nid ymosod ond ildio er mwyn ennill. Nid nerth ac nid pŵer fyddai'n ennill y dydd ond rheolaeth ac adnabyddiaeth o'r hunan. Hyder tawel na fyddai'n gwylltio o gwbwl. *Ju* – ystyr hynny yw 'addfwyn', a 'ffordd' yw ystyr y gair *do*. Ffordd addfwyn nid treisgar yw Judo.

Roedd yn waith caled serch hynny. Ar ôl tri chwarter awr o ymarferiadau ystwytho ac anadlu a throi, roedd Huw wedi blino. Doedd e ddim wedi cyffwrdd â neb, ac eto roedd ei gyhyrau'n boenus. Ond roedd ei feddwl yn glir, a theimlai'n barod i ymarfer yr ymladd.

'Nid "ymladd" yw'r gair,' meddai Mr Warren a fyddai'n bartner ac yn athro iddo am weddill y wers, 'ymgodymu, nid ymladd. Dysgu sut i gwympo ac nid bwrw yn ôl.'

A dyna fuodd Huw'n ei wneud am yr hanner awr nesaf. Syrthio a chwympo a neidio a rhowlio a chael ei binio i'r llawr, fel pili pala wedi'i gwasgu mewn llyfr.

'Ocê, diolch yn fawr i chi – da iawn,' meddai'n glên wrth Mr Warren a oedd yn pwyso ar ei ben. 'Ia

– chi sy' 'di ennill. Da iawn 'wan. Da iawn. Ia – a ma croeso i chi adal fi i fynd!'

'Nid ennill ond cystadlu â chi'ch hun,' meddai'r dyn wrth ei godi. 'Nid concro'r gelyn – ond concro'r gelyn y tu fewn.'

'Ia siŵr, os chi'n deud!' meddai Huw wrtho'i hun gan sylwi ar bawb yn gadael y neuadd ymarfer. Doedd y wers ddim drosodd yn barod? Ond roedd yn ysu am gael ymladd. Yn hytrach na'i dawelu, roedd y profiad wedi'i danio, wedi gwthio'i waed yn gyflymach.

'Ti ishe gornest gyfeillgar?' holodd Gwyn hefo gwên wrth sylwi arno'n aros ar ôl. 'Gewn ni weld faint ddysgest ti mewn awr.'

'Isho gneud rhwbath dwi. Yn lle dysgu sut mae siarad dwli fel y dyn 'na!'

'Dere mlân te.'

Roedd y neuadd wedi gwagio a dim ond yr hyfforddwr oedd ar ôl.

'Ddown ni drwyddo'n y funed,' galwodd Gwyn. 'Ma' Huw ishe gwers fach cyn mynd.'

'Pwy, *fi*? Isho gwers?' holodd Huw'n hyderus. 'Galla i ddysgu ambell dric bach i ti.'

'Yr oen yn dysgu'r ddafad i bori?'

'Naci,' meddai Huw wrth gamu ato â gwên, 'y draenog yn dysgu'r teigr i gnoi.'

Gwenodd Gwyn wrth i Huw Hejog ei gylchu, fel teigr mewn caets. Cododd Huw ei ddwylo mewn dynwarediad ofnadwy o Bruce Lee. Dyma'r boi a oedd yn rhy ofnus bron i *ddweud* y gair Judo cyn hyn, a dyma fe nawr yn barod am ffeit hefo rhywun mor brofiadol â Gwyn. Efallai mai Huw oedd y trymaf a'r cryfaf o'r ddau, ond Gwyn oedd y mwya' profiadol. Nid nerth fyddai'n ennill, ond yr un a wyddai sut i'w ddefnyddio.

Rhuthrodd Huw at y cochyn a neidio am ei ganol i'w glymu mewn clo ond llithrodd Gwyn trwy ei ddwylo. Safodd Huw'n stond. Trodd ac yna rhedeg a neidio'n uchel er mwyn taro Gwyn i'r llawr – ond Huw ei hun a darodd y llawr, yn galed a phoenus! Cododd, pesychu a rhuthro unwaith eto cyn glanio unwaith eto ar y llawr! Cododd, a rhuthro, a dyna'r llawr unwaith eto yn codi tuag ato. Rhuthrodd, a bwrw'r llawr am y pumed, y chweched – am y degfed tro. Llwyddai Gwyn i daflu Huw i'r llawr heb ei gyffwrdd braidd. Roedd ymladd â Gwyn yn amhosib. Fe fyddai'n haws trio gafael mewn gwynt.

'Paid â ngwthio i Gwyn,' meddai'n flin.

'Ti'm yn ddigon o ddyn?' holodd Gwyn gan adleisio'r sgwrs gawson nhw ynghynt. 'Fyddai dyn go iawn yn gwybod sut i golli.'

Neidiodd Huw i'w draed. 'Fedra i golli'n iawn.'

'Ie, colli dy dymer,' ychwanegodd Gwyn Goch heb sylweddoli gwirionedd ei eiriau.

Yn sydyn, rhedodd Huw Dafis nerth esgyrn ei gorff at y cochyn gan fwriadu ei fwrw â'i ben. A bwrodd Huw . . . y llawr. Unwaith eto. Yn galed, yn boenus, wrth i Gwyn gamu'n ysgafn i'r chwith.

'Dere mlân, unwaith eto ac fe wnei di dorri'r llawr!'

Ond roedd Huw wedi blino. Ni symudodd o'r llawr. Trodd ei wyneb a'i lygaid at y wal. Gwelai bopeth yn goch a theimlodd y gwallt yn codi ar ei war.

'Gwers dau wythnos nesaf.' Cerddodd Gwyn am y drws gan ychwanegu, 'beth am hunan ddisgyblaeth?'

Cododd Huw i'w draed, ei lygaid yn fflachio a'i ddwylo'n crafangu am gadair. Dim ond ei chlywed yn hollti'r aer wrth hedfan tuag ato a wnaeth Gwyn. Cwympodd Gwyn i'r llawr a gadael i'r gadair fynd drosto fel sgrech dawel, a tharo'r cwpwrdd a gadwai'r holl lestri a'r gwobrau a enillodd y clwb.

'Beth ddiawl?' gweiddodd Gwyn wrth i'r gwydr a'r llestri chwalu'n ddeilchion o'i gwmpas, 'Wyt ti'n trio fy lladd i neu beth?'

'Neu beth!' atebodd Huw yn ddisynnwyr wrth droi i adael.

'Dy wers gynta di Huw, a ti'n llwyddo i dorri rheolau – a chwpwrdd – y clwb!'

Cerddodd Huw at y drws heb ymateb o gwbl.

'A nghefn i bron bod! Ti'n dost yn y pen – sdim rhyfedd bod Wheelan dy ofon di gynne'n y gampfa!'

Gwthiodd Huw'r drws, a cherdded heibio i'r hyfforddwr a oedd yn rhuthro i mewn. Gadawodd y neuadd fel ci gyda'i gwt rhwng ei goesau.

'Mr Kano – dwi'n sori,' meddai Gwyn wrth y dyn a syllai ar y llestri a'r llanast. 'Aeth fy ffrind dros ben llestri unwaith eto!'

Ni wnaeth Gwyn na'r hyfforddwr weld doniolwch y jôc anfwriadol. Aeth Mr Kano i chwilio am frwsh ac amynedd, ac aeth Gwyn i bendroni ymhellach am Huw. Sut allai e brofi ei amheuon? Cyn y medrai Gwyn helpu'i gyfaill, fe fyddai'n rhaid iddo ddod i'w nabod yn iawn – dod i wybod pwy – neu beth – oedd e erbyn hyn? Rhaid oedd profi fod yna newid yn digwydd i Huw.

Pennod 17

Chafodd Huw fawr o gwsg y noson honno. Bu'n troi a throsi ar y llawr caled drwy'r nos. Y chwain oedd ar fai. Wel, y chwain a Lee Wheelan. Roedd y chwain wedi dechrau ei boeni'r noson gynt, ond roedden nhw ganwaith gwaeth erbyn hyn. Roedden nhw'n ei bigo'n ddi-drugaredd gan wneud iddo gosi a chrafu fel ci. Roedd yn hiraethu'n ofnadwy am Blac Belt yn ystod y nos ond roedd e'n falch nad oedd hi'n gorfod dioddef y chwain fel fe. Dim ond un peth oedd yn ei boeni'n waeth na'r holl grafu. Un person. Un enw.

Lee Wheelan Lee Wheelan Lee Wheelan.

Wrth godi o'r llawr yn y bore, fe ailadroddodd e'r enw drosodd a throsodd fel rheg. Roedd e'n beio Lee Wheelan am bopeth, hyd yn oed am y ffaith iddo wylltio â Gwyn yn y wers Judo, a thrio ei ladd fwy neu lai! Tasai Wheelan wedi cadw'i addewid, ac wedi bod yno wrth y cloc, fyddai e ddim wedi mynd i'r wers Judo o gwbwl. Roedd y peth mor syml â hynny i Huw. Oni bai am y bwli, fyddai e ddim wedi ymosod ar Gwyn! Bai Lee oedd y cwbwl . . . wel i raddau.

Fe wyddai fod bai arno fe hefyd. Wrth siafio a syllu ar ei hun yn y drych, roedd yn rhaid iddo gyfaddef fod ei gydwybod efallai'n ei bigo fel y chwain yn y nos, yn ei rybuddio ei fod wedi rhyw fath o ddechrau mwynhau'r holl beth – mwynhau gweld Lee Wheelan a Gwyn wedi dychryn, a mwynhau'r holl sylw a'r . . . pŵer? Ie, y pŵer. Doedd e ddim wedi teimlo dim byd tebyg o'r blaen. Roedd yn mwynhau colli rheolaeth ar ei hunan a gadael i'r pŵer feddiannu'i gorff. Teimlai'n rywbeth naturiol a chyffrous. Ond fe wyddai'r un pryd, fod beth bynnag oedd yn digwydd iddo pan fyddai'n gwylltio yn hynod o beryglus, a bod yn rhaid iddo drio'i rheoli ei hun a chadw'i ben . . . wel, gyda phawb ond Lee Wheelan o leia.

Roedd Wheelan yn barod amdano'r tro yma. Eisteddai ym mhen pella'r lle cotiau, â smôc heb ei thanio'n ei law. Roedd ei lygaid wedi'u hoelio ar Huw.

'Lle mae hi?' saethodd Huw Dafis ei gwestiwn ato, fel bwled o wn. Gwenodd Wheelan yn fodlon, heb ddweud dim.

'Nes di addo. Lle mae hi?' gweiddodd Huw unwaith eto.

'Paid gwneud ffys! Dim ond cath oedd hi Huw.'

'Dim ond cath!' sgrechiodd Huw. 'A be ti'n feddwl wrth "oedd"?' Teimlodd Huw ei goesau'n crynu wrth feddwl fod Lee wedi lladd Blac Belt.

'A beth am Kat?' holodd Lee. 'Nes di addo y bydde hi gyda ti neithiwr.'

'Ond nes di'm dod â Blac Belt – lle mae hi? Un gath am gath arall o'dd y ddêl.'

Siaradodd Lee'n bwyllog fel person yn annerch cynulleidfa. 'Ti'n siarad am Kat fel tasa hi'n ddim byd mwy nag anifail, yn werth dim – fel dy gath fach bathetig di.'

Edrychodd Huw arno'n galed, yn teimlo'i waed eto'n berwi. 'Mae Blac Belt yn werth y byd!'

'A be? Ti'm yn poeni am Kat?' holodd Lee'n awgrymog. 'Lle ma' *hi* wedi mynd? Ti wedi anghofio am Katrin yn barod?'

'Does na'm byd sy'n bwysicach na B.B.'

'O oes,' meddai Wheelan yn araf a phwysig, 'ti'n rong Huwcyn bach. Ma' na bethe pwysicach na chath sy' wedi boddi! Beth yw hynna i gymharu â –'

'Naaaa!' sgrechiodd Huw gan ruthro at Lee gyda'i ddwrn wedi'i chodi, 'fe ladda i di'r llofrudd, y –'

'Paid,' criodd Katrin o'r gornel.

'Kat!' stopiodd Huw wedi synnu am eiliad. 'Ond mae e wedi'i lladd hi!' Gwthiodd Lee Wheelan i'r llawr.

'Jyst stopiwch!' sgrechiodd Katrin. 'Sut allwch chi – heddi o bob dwrnod?'

'Nes i'm yffach o ddim!' meddai Lee'n hunan-gyfiawn.

'Mond llofruddio Blac Belt,' meddai Huw'n gwylltio mwy.

'Dim ond cath oedd hi Huw. Mae 'di mynd. *So what?*'

'Be wedes di Lee?' meddai Huw, gan estyn at Lee.

'Dim ond cath oedd hi Huw,' meddai Katrin yr eildro, yn uwch y tro yma. Trodd Huw i edrych arni.

'Be? Ti ddudodd hynna?'

'Ie Huw – dim ond cath – ddim y person pwysica'n dy fywyd.'

'A sut wyt ti'n gwbod Kat?' holodd Huw'n gas, heb ddeall o hyd. 'Sut wyt ti'n gwbod beth yw colli anrheg gefaist ti gan fam yr wyt ti wedi'i cholli am byth?'

'Mwy na ti'n feddwl,' meddai Katrin â'r dagrau fel gwydr yn ei llais.

'Da iawn, Dafis bach!' meddai Lee gan wneud ei orau i beidio dangos ei fod yn mwynhau ei hun.

'Dwi'm yn dallt.'

'Na, mae'n amlwg,' meddai Katrin. A cherddodd allan o'r stafell.

'Beth sy'n bod?'

'Paid ti becso.' Dechreuodd Lee gerdded ar ei hôl. 'A phaid â twtsha'n bywyde ni eto.'

Yna, heb feddwl – yn reddfol – gafaelodd Huw yn ei law.

'Gad fi i fynd.'

'Gad fi i weld,' meddai Huw gan dynnu'n gryf ar ei faneg nes iddi ddod i ffwrdd.

'Ti'n dost?' gwaeddodd Lee.

'Y pry copyn – lle mae o? Ar y llaw arall? Ty'd yma!'

Edrychodd Lee arno'n syn, ond cuddiai gwên yr un pryd. 'Ma' mam Kat wedi marw ond yt ti'n dal yn ffaelu acto'n normal.'

'Mam Kat wedi . . ?'

'Cadwa di'r faneg!' gan wenu a throi, 'ma' Kat ishe cwmni.'

'Pryd? Pam nes di'm deud?'

Ond roedd Lee wedi mynd a mond ei lais ddaeth yn ôl, 'ma 'na bethe pwysicach na chathod a menig i fi!'

'Ac i fi,' meddai Huw ond yn rhy hwyr erbyn hynny.

Roedd Kat wedi mynd, a'r drwg wedi'i wneud. Roedd Lee wedi'i dwyllo unwaith eto. Teimlodd Huw'n ddi-obaith ac yn fwy unig nag erioed. Byddai hyd yn oed Katrin yn ei gasáu ar ôl hyn. Am y tro cyntaf erioed fe edrychodd o'i gwmpas yn chwilio am gwmni Gwyn Goch. Ond am unwaith, doedd dim golwg o'r cochyn. Nid oedd hyd yn oed

Gwyn am ei nabod, mae'n siŵr, ar ôl neithiwr a'i ymddygiad yn y lle Judo.

Gwasgodd y faneg, a oedd ganddo o hyd, yn belen fach ddu yn ei law.

Pennod 18

Eisteddai Huw wrth ei ddesg yn y wers Gymraeg gan syllu ar y wal. Gallai deimlo'r faneg yn ei boced o hyd. Meddyliai am B.B., am ei fam ac am Lee, ond yn bennaf am Kat a'r loes yr oedd wedi'i roi iddi hi. Teimlai'n euog hefyd am drin Gwyn mor wael. Trodd rownd yn ei sedd ond na, doedd Gwyn ddim yn eistedd yn ei gadair arferol.

'Y ffrynt!' gwaeddodd Miss Ratz. 'Odych chi'n perthyn i'r dosbarth ma Dafis?' Trodd Huw i wynebu'r blaen a darllenodd y geiriau oedd ar y bwrdd gwyn. Pedwar gair wedi'u hysgrifennu'n fawr:

Ysgyfarnog. Pysgodyn. Aderyn. Hedyn.

Roedd y dosbarth yn dawel wrth syllu ar y geiriau, yn trio dirnad beth oedd bwriad yr athrawes. Sylwodd neb ar y ffenest yn y cefn yn gwneud sŵn wrth gael ei hagor ac yna'n cael ei chau'n ofalus. Ond pan edrychodd Huw dros ei ysgwydd eto, gwelodd fod Gwyn yn eistedd yn ei sedd fel pe bai wedi bod yno ers ddechrau'r wers. Ond sut? Doedd e ddim wedi dod i mewn trwy'r drws. Roedd hwnnw ym mhen blaen yr ystafell.

O ble ddaeth e? Trwy'r ffenest? Amhosibl! Roedd yr ystafell i fyny ar lawr ucha'r adeilad – yn rhy uchel i neb allu ei chyrraedd o'r tu fas! Trodd Huw i wneud yn siŵr ei fod wedi gweld yn iawn a winciodd Gwyn Goch arno'n ddireidus.

'Huw Dafis! Ti eto!' Roedd Miss Ratz wrth ei ddesg yn gweiddi arno. 'Pam bod rhaid i ti fod yn wahanol i bawb?'

Rhwbiodd Huw ei glust a gwelodd fod geiriau gwahanol ar y bwrdd gwyn erbyn hyn.

Filiast ddu. Dyfrgi. Gwalch. Iâr ddu.

Ochneidiodd Huw yn dawel. Roedd y fenyw yn *bonkers* ac fel tasai Miss Ratz am gadarnhau ei amheuon, fe safodd yr athrawes ar ben ei desg.

'Oes yna fardd yn ein mysg ni?'

Edrychodd pawb ar ei gilydd yn syn.

'Neu oes gwrach yn y dosbarth yma heddiw? Ble'r wyt ti, Ceridwen y wrach?'

Meddyliodd Huw wrtho'i hun mai'r unig wrach yn y stafell oedd yr un ddwl oedd yn sefyll ar ei bwrdd.

'Gwion bach, wyt ti yma? Gawn ni glywed y stori ryfedda erioed am y bachgen wnaeth nofio fel pysgodyn, ac am y wrach a drodd yn Filiast a Gwalch.'

'Ych a fi!' meddai Huw, yn uchel heb feddwl. 'Am ogla uffernol!'

'Huw Dafis!' gweiddodd Miss Ratz.

'Yr ogla – y gwynt na!' Cododd Huw ar ei draed, ond doedd neb arall yn medru arogli dim byd.

Edrychodd pawb arno'n syn gan gynnwys Miss Ratz, yn methu credu ei hyfdra o hyd. Edrychodd Huw ar Gwyn Goch a oedd, yn wahanol i'r lleill, yn dal ei drwyn, fel pe bai'n diodde fel Huw.

'Ti'n medru ei wynto fe, Gwyn!'

'Gwynto beth?' holodd hwnnw gan dynnu ei law i lawr o'i wyneb.

'Y gwynt na?'

'Beth?' meddai Gwyn gan drio actio'n ddiniwed.

'Yr ogla! Ty'd laen – mae'n rhaid bo chi i gyd yn ei ogleuo fel fi.'

'Dyna ddigon.' Camodd Ratz i lawr i'w chadair ac yna i'r llawr.

'Mae e'n nyts, Miss,' meddai Shelley a oedd yn eistedd wrth ymyl Huw.

'Mae e'n gwynto ei rhechen ei hun,' meddai Moony.

'Na ddigon!' gweiddodd yr athrawes.

'Ond wir i chi, Miss,' aeth Huw yn ei flaen. 'Mae o fel ogla' traed y meirw. Fedra i'm aros yma ddim mwy.'

'Ti'm yn symud un cam nes i fi orffen fy stori,' meddai Ratz wrth i Huw ddechrau cerdded am y drws. 'Dwyt ti ddim yn mynd i unman nes bod y gloch wedi canu.'

'Ond mae'r gloch wedi canu Miss Ratz,' gweiddodd Bobi o'r cefn.

'Ddeg munud yn gynnar?'

'Mae 'na blant ar yr iard – edrychwch Miss Ratz.'

'A ma' Mr Wenci yn rhedeg,' chwarddodd Bill Moony, 'a nawr ma Mr Wenci yn dost yn y pwll pysgod.'

Gwyliodd y disgyblion a'r athrawes yn fud wrth i'r athro gwaith llaw daflu i fyny dros y pysgod yn y pwll.

'Tân!' gweiddodd rhywun, 'mae'n rhaid bod na dân!'

'Neb i symud,' gorchmynnodd Miss Ratz mewn panic.

'Na, stinc bom ydi o Miss!' meddai Huw'n deall o'r diwedd. 'Dim ond stinc bom. Dyna beth ydy'r ogla!'

'Mae e'n iawn, Miss. Stinc bom sy 'na.' Roedd Shelley wrth y ffenest. 'Ma' nhw i gyd yn dala'u trwyne wrth redeg.'

Roedd Miss Ratz yn syllu ar Huw. Roedd hi'n gandryll. Yn berwi.

'Ond ma'r ffenest ar gau – ac ma' stafell ddosbarth Mr Wenci yr ochor arall i'r iard. Fydde neb yn gallu'i wynto o fan hyn! Sut oeddet ti'n gwybod am y stinc bom, Huw Dafis?'

Edrychodd Miss Ratz yn galed ar Huw.

'At y PRIF!' gweiddodd arno. 'Y PRIFATHRO, nawr – ma ishe torri dy grib di, Huw Dafis.'

'Ond nid fi –'

'Nawr! Ma' Mr Wenci yn dost ac arnat ti a dy stinc bom ma'r bai.'

Doedd dim pwynt dadlau. Cerddodd Huw yn ddryslyd at y drws. Fyddai'r PRIF yn ei gredu? Roedd yn rhaid iddo wneud. Fedrai e ddim cael y bai y tro yma. Wrth agor y drws, fe sylwodd Huw bod Gwyn yn edrych yn rhyfedd o euog.

'Be sy, Gwyn?'

'Dim byd.'

'Na, ty'd 'laen – be ti'n ei wbod? Wyt ti'n gwbod pwy ollyngodd y stinc bom?'

Edrychodd y cochyn i ffwrdd, a gyrrodd Miss Ratz Huw Dafis o'r ystafell.

Wrth adael y stafell, fe welodd Huw Miss Maloney'n ei dosbarth yr ochr arall i'r coridor. Roedd ei llaw hithau dros ei thrwyn. Nid oedd yr un o'r plant eraill yn ei dosbarth yn dioddef, ond roedd hi'n amlwg bod yr athrawes yn medru ogleuo'r gwynt afiach fel Huw. Fe sylwodd Maloony ar Huw'n ei gwylio a gwelodd ei fod yntau yn dal ei law dros ei drwyn. Ac fe wyddai i sicrwydd ei fod e'n wahanol fel hithau.

Pennod 19

'Wyt ti'n deall Huw, na fydd Mr Wenci byth yr un peth ar ôl hyn!' Roedd y PRIF ar ei draed a Huw ar ei eistedd. Fel arall fyddai rhywun wedi disgwyl iddynt fod, ond roedd y PRIF yn rhy grac i wneud dim byd ond sefyll, ac roedd Huw wedi eistedd mewn ofn.

'Huw Dafis y llofrudd, y bachgen a laddodd yr athro gwaith llaw gorau a welodd yr ysgol yma erioed! Achos ma' gyda fe alergedd, ti yn deall on'd wyt ti Huw? Alergedd i –'

'Oes, a dwi'n sori!' Cododd Huw i'w draed cyn eistedd unwaith eto. 'Wel nachdw dwi ddim – sut fedra i fod yn sori heb wybod dim byd am y peth!'

'Roedd dy drwyn di yn gwbod,' meddai'r PRIF hefo gwên. 'Mae'n rhaid bod gyda ti drwyn fel ci hela!'

Nid oedd ateb nac esboniad gan Huw.

'Dwi'n mynd i ofyn unwaith eto. Dwi am roi cyfle, unwaith eto, i ti gyfaddef y gwir. Ai ti wnaeth ollwng y –'

'Nage!' Roedd Huw bron yn gweiddi ac yn agos at golli rheolaeth. 'Dwi'n dweud unwaith eto, yn cyfadde, yn glir ac yn uchel unwaith eto, nad wy'n gwbod dim byd am y stinc bom – ar fywyd fy Mam!'

Tawelwch.

'Beth ddywedaist ti?' meddai'r PRIF wedi synnu.

Roedd Huw wedi synnu hefyd, ac yn difaru'n barod ei fod wedi dweud y fath beth, pan ddaeth Miss Ratz i mewn i'r swyddfa a brasgamu at y bwrdd. Gosododd fag ar ganol y bwrdd â golwg foddhaus ar ei hwyneb. Ddywedodd hi ddim, dim ond ei agor a gadael i'r PRIF weld y bocs oedd wedi'i agor, gydag un stinc bom ar goll.

Ochneidiodd y PRIF. 'Dy fag di yw hwn, Huw?'

'Ie, Syr.'

Edrychodd Huw i'r bag gan wybod yn iawn beth i'w ddisgwyl. Nid am mai fe wnaeth brynu'r stinc boms na'u gosod nhw yno, ond am mai fe oedd Huw Dafis ac roedd pethau fel hyn yn digwydd i Huw Dafis o hyd! Bai ar gam unwaith eto. Ei ddiarddel o'r ysgol mae'n siŵr, a'r cwbwl o achos . . . Lee Wheelan! Wrth i Miss Ratz godi'r bocs o'r bag, meddyliodd Huw ei fod wedi gweld llun pry copyn wedi'i dynnu â beiro ar y bocs – corryn yn ei wawdio o hyd?

'Ac o'n i'n meddwl bo ti'n ffrindie â Kat?' meddai Miss Ratz. 'Rhoi stinc bom yn ei dosbarth a hithe newydd golli'i mam!'

Cydiodd y PRIF yn nerbynnydd y ffôn.

'Dim, naw, dim, wyth, saith, tri,' meddai Huw er

120

mwyn arbed yr ysgrifenyddes rhag chwilio am rif ei dad.

Awr yn ddiweddarach, eisteddai Huw a Cliff Oswyn Hughes-Dafis yn fud yn y car oedd wedi'i barcio wrth ochr y byngalo. Ni siaradodd y ddau wrth adael swyddfa'r PRIF a cherdded o'r ysgol i'r car, heibio i Lee Wheelan a Kat a'r holl blant a oedd ar yr iard. Poerodd Lee ar y llawr ond ni wnaeth Kat ei gydnabod o gwbwl. A fyddai hi'n maddau iddo? Ni fyddai hi byth – fel ei dad a phawb arall – yn barod i'w gredu o gwbwl.

'Ond wir i chi Dad.'

'Be, wir?' meddai'i dad yn ddychanol a'i ddwylo'n gwasgu'r llyw. 'Duda'r gair unwaith eto ac ella y gwna i dy gredu di – wir!'

Tawelwch, a'r ceir ar y gylchfan yn eu cylchu o hyd.

'Ond roedd yna lun ar y bocs. Aru chi ei weld o fel fi.'

'Staen beiro, na'i gyd!'

'Na, corryn – pry copyn. Achos Lee wnaeth – ddim fi – ond Lee Wheelan!'

'Ia siŵr!'

'Ond wir i chi Dad.'

'Yr un Lee wnaeth roi *vodka*'n y botal ddŵr er mwyn dy dwyllo di i'w yfed a meddwi!'

'Yn union.'

'A'r un Lee wnaeth dy fwydo di i'r teigar yn y sw, a'r un Lee sydd wedi mynd â Blac Belt? Dyna ydw i i fod i gredu, ia Huw? Fod y Lee yma wedi dy feddwi di, wedi trio dy ladd di, wedi dwyn dy gath di i'w lladd hi, a nawr dyma fe'n gollwng stinc bom mewn dosbarth – lle roedd ei gariad o'n eistedd – i gyd er mwyn rhoi'r bai arnat ti!'

'Da chi'm yn ei nabod o, Dad.'

'Ac yn gosod y bocs – heb fod neb wedi'i weld o – yn dy fag di!'

'Ond wir Dad – mae'n wir.'

'A fasat ti'n tyngu hynny ar fywyd dy fam?'

Rhewodd Huw heb ddweud dim.

'Achos dyna ddudodd y PRIF. Os nesh i ei glwad o'n iawn?'

Gwrandawodd Huw'n boenus, heb allu dweud dim.

'Nesh i ei glywed o'n iawn Huw? Nes di addo ar fywyd dy fam?'

'Do! A dwi'n sori, a dwi'm yn gwbod pam wnesh i – a dwi'n difaru go iawn ond mi o'n i isho iddo fo i wbod y gwir!'

'A fasat ti byth wedi deud celwydd wrthi hi?'

Tawelwch. Beth oedd ei dad yn ei feddwl?

'Doeddat ti byth yn deud celwydd wrthi hi Huw! Wrth Mair, wrth dy fam. Deud celwydd wrth dy fam pan oedd hi'n fyw?'

Oedd ei dad yn gwybod y gwir? Oedd e'n gwybod mai Huw laddodd ei fam?

'Wnes di golli'r bws 'na o'r ysgol mewn gwirionedd?'

Tawelwch eto. Yna'r cwestiwn eto.

'Wnes di golli'r bws ysgol 'na Huw? Neu ai Lee oedd ar fai? Bwlis eraill fel Lee wnaeth dy stopio di rhag mynd ar y bws?'

Roedd y cyhuddiad yn glir. Arhosodd Huw'n dawel heb ateb.

Cyn camu i dywyllwch y wardrob, gwelodd ei hun fel drychiolaeth yng nghanol y drych ar y drws. Edrychai Huw fel dyn oedd wedi blino ar annhegwch y byd.

Pennod 20

Wrth eistedd ar lawr y wardrob, gallai Huw glywed ei dad yn methu ymlacio'n yr ystafell drws nesa. Gallai ei glywed yn eistedd, yn codi, yn chwilio am rywbeth ac yna'n eistedd unwaith eto ac yn troi sain y teledu i fyny'n ofnadwy o uchel. Gorweddodd Huw'n fflat ar waelod y wardrob. Crafodd waelod y cwpwrdd â'i ewinedd. Teimlodd y blew o dan ei ên. Cododd i'w draed a theimlo'r grib ar ei ben yn cyffwrdd â phanel y nenfwd. Teimlai'n gryfach ac yn dalach nag erioed. Oedd angen Kat Kidd arno, mewn gwirionedd? A Gwyn Goch? Roedd rhaid iddo ddysgu byw hebddyn nhw a heb y gath hefyd, fel yr oedd yn gorfod byw heb ei fam. Nid plentyn oedd e bellach, ond dyn a allai edrych ar ei ôl ei hun.

Oglau mwg!

Clywodd ei dad yn diffodd y teledu, yna'n cerdded trwy'r tŷ ac yn agor y drws ffrynt er mwyn mynd mas.

Ond beth am y gwynt mwg?

'Un peint dyna'i gyd – dwi ei angan o!' gweiddodd ei dad cyn cau'r drws ffrynt yn glep.

'Dad! Dad! Dewch nôl! Beth yw'r mwg na?' Ond

roedd ei dad wedi mynd. 'Oes tân?' galwodd eto, ond yn ofer. Nid oedd sŵn yn y tŷ ond roedd y gwynt llosgi yn cynyddu a ffroenau Huw'n ei arwain i'r llawr, at yr hollt dan y drws, yn nes at y gwynt ac at y mwg a oedd yn llenwi'i feddyliau a'i drwyn.

'Tââân!' Sgrechiodd y geiriau fel craith. 'Tââaaaaacccch!' sgrechiodd unwaith eto, gan wncud sŵn oedd yn debyg i ruo anifail. Nid oedd yn nabod ei lais, na'n ei nabod ei hun. Greddf ac nid rheswm oedd yn ei reoli erbyn hyn. Roedd ei lygaid yn goch a'i galon yn curo o grombil y cread ei hun. Roedd ei waed eto'n berwi ac ar fin ffrwydro'i wythiennau. Teimlai ei hun yn tyfu, ei groen yn lledu a'i holl gorff yn ymestyn i wneud lle i'w organau, i'r cyhyrau a'r esgyrn a oedd yn chwyddo fel metel mewn tân. Rhwygwyd ei ddillad a'i esgidiau. Roedd yn dal i dyfu o hyd ac yn llenwi'r wardrob erbyn hyn. Roedd yn gorfod plygu ei gefn am nad oedd lle iddo sefyll yn syth.

Yna, dyma'r pren yn hollti a'r cwpwrdd yn chwalu nes bod golau a phren a dillad a llwch yn gymysgwch aflafar. Sgrechiodd y creadur gan ruo'i ryddid a chodi o'r dryswch a sgubo'r holl sbwriel o'i ffordd. Anelodd am y mwg a'i ffroenau'n ddwy ogof agored, yn barod i wynebu'r gwres. Roedd yn sicr mai'r lolfa oedd y tarddiad. Yno roedd y peryg, y goelcerth uffernol . . . ond na! Doedd dim byd yno. Dim fflamau, dim tân. Dim ond blwch llwch yn mygu ar y bwrdd! Smôc heb ei diffodd gydag edefyn o fwg yn codi o'r ashtrê.

Arafodd calon Huw. Ochneidiodd ryddhad. Tawelodd. Ond wrth estyn i ddiffodd y stwmp, fe welodd ei law, neu'r llaw oedd o'i flaen e. Llaw anifail. Llaw erchyll. Llaw a oedd ganwaith yn fwy sinistr na'r llaw â'r tatŵ pry copyn. Pawen oedd hon, nid llaw – ewinedd a chrafangau, a blewiach, a gwallt – y cwbwl yn cyhoeddi . . . anifail!

Brysiodd Huw yn ôl at y wardrob a oedd bellach yn fflat. Roedd wedi ei chwalu a'i hollti a dim ond y drysau oedd yn gyfan ar lawr. Cododd Huw'r drws hefo'r drych arno ac edrych ar ei adlewyrchiad. Beth uffar oedd hwnna? Gollyngodd y drych hefo bloedd. Beth ddiawl? Edrychodd o'i gwmpas fel pe bai'n chwilio am yr anghenfil yr oedd wedi'i weld, er ei fod yn gwybod . . .

Cododd y drych unwaith eto a gwelodd – beth? Rhyw anghenfil? Anifail neu be? Edrychodd o'i gwmpas yn ofnus unwaith eto, cyn ildio o'r diwedd. Gwaith drych oedd adlewyrchu'r gwirionedd. Dangos y gwir. A'r gwirionedd dychrynllyd a ddangosai'r drych hwn, oedd ei fod e, Huw Dafis, wedi newid i fod yn rywbeth arall.

Edrychodd Huw yn galed a gweld ei hun yn y drych am y tro cyntaf erioed. Adnabu ei hun – y

126

peth yma a dyfodd ohono fe'i hun – a chamodd yn
ôl mewn rhyfeddodd â'r drych yn ei law . . . yn ei
bawen o hyd. Roedd yn noeth fel y diwrnod y ganed
ef ond yn hollol wahanol i unrhyw greadur a anwyd
erioed. Roedd ganddo gorff hir a chyhyrog a
blewog. Roedd cefn ei wddw a'i war a'i gefn
wedi'u gorchuddio â phigau, fel gwely o hoelion
neu darian o ddur. Roedd ei ddwylo'n bicellau, pob
gewin fel llafn, a'i goesau yn debyg i goesau pwerus
ysgyfarnog. Ai hanner dyn oedd e? Neu hanner
draenog? Hanner bwystfil a bachgen? Roedd yn
greadur na welodd mo'i debyg.

Canodd cloch y drws ffrynt!

Gollyngodd Huw'r drych. Canodd y gloch eto ac
eto. O hyd ac o hyd. Ni allai Huw fynd i'w hateb!
Ddim fel hyn! Dechreuodd y person weiddi a
tharanu ar y drws.

'Gad fi i mewn Huw – ma' rhaid i ti – Huw?'

Katrin oedd yno! Roedd Katrin mewn trwbwl ac
roedd hi'n gwybod fod Huw'n y tŷ!

'Plîs Huw – mae e'n dod!' Swniai llais Kat fel pe
bai bron â thorri. 'Pam ddiawl ti'm yn agor y drws?
Huw! Ma' Lee ar y ffordd. Fi wedi gorffen 'da fe, a
na'th e'm lico'r newyddion o gwbwl.'

Naddo siŵr! meddyliodd Huw wrth ddechrau'i
ffordd i gyfeiriad y drws ac yna troi nôl. Roedd yn
ysu i'w helpu ond yn methu.

'A nes i weud mod i'n gwbod am y flonden. Aeth e'n *bonkers*, yn nyts. Na'th e wylltio yn waeth nag erio'd!'

Mae yna wylltio a gwylltio, meddyliodd Huw i'w hun wrth gerdded ar hyd y coridor cul yn rhwystredig. Roedd ei feddwl ar chwâl a'i gorff e mor drwsgwl nes iddo lusgo'i gefn o hoelion yn erbyn y wal a tharo silffoedd yn swnllyd i'r llawr.

'Hei glywes i hynna!'

Rhuthrodd Huw yn ôl at y wardrob yn dal i glywed Katrin yn galw'n fwy taer.

'Ma' B.B. gyda fi. Ma'r gath gyda fi – rheswm arall pam a'th Lee lan y wal! Ti'n ei chlywed hi Huw? Plîs Huw – o'n i'n gwbod ma' ddim ti na'th y bom 'na. Ma' rhaid i ti helpu – fi'n sori am dy ame di o gwbwl.'

Ond nid dyna oedd y broblem ar hyn o bryd! Cododd Huw'r drych unwaith eto gan obeithio am wyrth. Oedd, roedd e'n troi! Yn troi yn ôl iddo fe'i hunan. Yn araf ond yn sicr, roedd yn newid nôl yn fachgen unwaith eto, yn berson a allai agor y drws ar y byd . . . heblaw am y ffaith ei fod yn borcyn, yn noeth!

'Fi'n mynd Huw – fi'n sori.'

Un funud, Kat! Aros! Roedd Huw'n chwilio'n wyllt trwy'r llanast am rywbeth i'w wisgo. Wrth gwrs – y dillad Judo! Rhaid eu bod nhw yng nghanol llanast y wardrob yn rhywle.

'Alla i'm aros mwy. Fi'n sori! Be sy'n bod Huw? Pam na nei di'n helpu i? Fi'n despret!'

A fi! meddyliodd Huw gan drio gwasgu ei hun i'r dillad Judo wrth i'w gyhyrau leihau fesul eiliad.

'Fi'n gwbod bod ti na – ond fi'n mynd Huw! Fi'n mynd i bostio dy gath di trwyddo'r twll llythyre yn y drws!'

A gwelodd Huw Dafis ei llaw trwy dwll y llythyre. Fe welodd ei llaw am y tro cyntaf heb faneg, heb lês du'n ei chuddio o gwbwl. Llaw wen fel y llaw ddaeth i grombil y ceffyl yn y pantomeim. Llaw wen â phry copyn bach du arni! Gwelodd Huw'r corryn yn glir. Roedd y marc a'r brad yn boenus o glir.

'Fi'n mynd Huw,' cyhoeddodd ei llais yn arteithiol. 'Fydd y gath ar stepen y drws. Ma' Lee ar y ffordd – alla i'm aros ddim mwy!'

Llithrodd Huw i'r llawr fel un oedd wedi cael ei gicio'n ei stumog. Katrin oedd y corryn wnaeth ei dwyllo a'i ddal! Hi wnaeth ei feddwi â'r botel! Roedd e wedi gweld y corryn. Pry copyn wedi ei wisgo fel ffrind.

Pan oedd yn siŵr nad oedd neb yno'n aros, aeth Huw i agor y drws. Cododd Blac Belt i'w freichiau, ond ni deimlodd ryddhad, dim ond ofn ac ansicrwydd ofnadwy. Doedd e ddim yn adnabod y byd nac unrhyw berson oedd yn byw ynddo, yn enwedig hi. Katrin. Doedd e ddim hyd yn oed yn ei nabod ei hunan o gwbwl. Beth oedd e? Beth fyddai e? I ble allai e fynd? Roedd y cwestiynau'n ei fygu, yn cordeddu o'i gwmpas fel gwe.

Aeth i gau'r drws ffrynt ond fe stopiodd pan sylwodd ar gar ei dad y tu allan i'r byngalo bach. Edrychodd i lawr a gweld y goriadau ar y ford fach ger y drws. Roedd Huw wedi dysgu gyrru hen gar pan oedd adref ar y fferm. A fyddai gyrru ar yr heol fawr mor wahanol â hynny i yrru ar gaeau a heolydd ffarm? Cododd Huw'r allweddi'n ansicr ac araf. Roedd yn gwybod fod yn rhaid iddo ffoi. Rhaid oedd dianc o'r DDinas am byth y tro yma. Dianc er mwyn dod o hyd iddo fe'i hun.

Yn gwisgo'i ddillad Judo fe gerddodd Huw at y car heb edrych yn ôl â B.B. yn saff yn ei freichiau.

Pennod 21

Roedd Ben yn ei ddisgwyl y tro yma. Roedd yn sefyll y tu allan i'r tŷ gyda Blaidd wrth ei ochr. Roedd y ddau wedi bod yno ers amser yn dilyn sŵn y car wrth iddo deithio ar hyd gwely Cwm Cowlwyd. Gwrandawodd 'rhen Ben arno â golwg gas ar ei wyneb. Medrai ddweud wrth y sŵn mai nid gyrrwr profiadol oedd yno o gwbwl, a bod y car fel y gyrrwr yn diodde. Ni symudodd yr henwr nes i'r car ddod i stop ac i Huw dynnu'r brêc a chamu allan, yn saff ond yn welw ac yn sigledig.

'Peth gwirion i'w wneud!' meddai Ben yn swta gan droi am y tŷ. 'I mewn, cyn i mi wylltio go iawn!'

Wrth gerdded i'r tŷ, edrychodd Huw dros ei ysgwydd ar y sgriffiadau ar ochr y car ac ar y tolc reit sylweddol ar ochr y gyrrwr. Stopiodd i chwilio am Blac Belt. Roedd ar fin galw'i henw ond fe'i gwelodd hi'n brysio i gyfeiriad y bwthyn ar wib, yn falch o gael cyrraedd heb golli ei bywydau i gyd!

'Beth andros ddo'th dros dy ben di Huw bach?' dwrdiodd Ben wrth iddo osod y gwin ar y tân. 'Tydi car ddim byd tebyg i dractor!'

'Ond mi oedd yna gar ar y ffarm,' meddai Huw'n

amddiffynnol. 'Mi o'n i'n arfar dreifio hen gar ar y ffarm.'

'Ar y ffarm, ella Huw. Ond ddim ar y briffordd o'r DDinas i'r Wlad!'

Roedd Huw'n gwybod yn iawn ei fod wedi gwneud rhywbeth gwirion. Roedd e'n lwcus nad oedd wedi lladd neb, ac mai dim ond y car oedd wedi dioddef unrhyw niwed.

'Wyt wir – ti *yn* lwcus,' meddai Ben fel pe bai'n darllen ei feddyliau. 'Mae'n rhaid bod yna rywbeth go bwysig wedi d'yrru di yma fel hyn.'

Edrychodd Huw i'r tân.

'Ti am ddeud y tro yma? Y cwbwl, nid hannar y gwir?'

Ochneidiodd y bachgen, 'I be, a chithau'n gwbod yn barod mae'n siŵr?'

'Am bod isho i ti ddeud a chlwad dy hun yn cyfadda. Isho i chdi gredu dy hun.'

Ac agorodd Huw Dafis ei galon. Adroddodd ei stori. Dywedodd wrth Ben am y newid a'r troi a'r gwylltio.

'Ia, gwylltio,' meddai Ben ar ôl gwrando'n hir. 'Dyna'n union be sy'n digwydd.' Cododd Ben a cherdded at y drws gan wenu. 'Dilyn fi – fe wnei di ddallt yn well os awn ni y tu allan. Dilynodd Huw Dafis a B.B. a Blaidd yr henwr â'r cylchoedd aur yn ei glust.

'Wyt ti'n clywed yr adar yna Huw?'

Yn ôl wrth y car, gwrandawodd Huw'n astud ond ni chlywodd yr un 'deryn, dim ond sŵn fel pe bai rhywun yn siarad.

'Mae rhywun yno!' meddai'n syn.

'Aderyn.'

'Naci Ben. Mae person yn canu yn y coed.'

'Aderyn sy'n siarad. Gwranda eto, er mwyn i ti glywed yn iawn. Gwranda ar y geiriau yn codi o'r nodau.'

Neidiodd y gath i fyny ar fonet y car, ond aeth Ben yn ei flaen. 'Mae'r ffin wedi'i chroesi. Rwyt ti wedi croesi'r llinell . . . neu mae'r draenog wedi'i chroesi atat ti.'

'Pa linell?'

'Ty'd. Dangos dy graith i mi.'

'Nes i'm deud? Does na'm craith, does na'm hoel wedi'i adael.'

'O oes. Gad i ni weld. Dal dy law i fyny at y lleuad a dangos y graith. Gad i'r lleuad ei gweld hi. Gad i'r golau fy mhrofi i'n iawn.'

Cododd Huw ei fraich ac agorodd ei law.

'Na, dangos hi i'r lloer,' ychwanegodd 'rhen Ben. 'Tynn hi allan o'r cysgod – ty'd laen, cyn i'r cwmwl yna ddod.'

Symudodd Huw ei fraich i ganol y golau ond ddigwyddodd dim byd. Ddim ar unwaith. Ond yna, fe ddaeth rhywbeth i'r golwg. Yn raddol, fe welodd e'r graith, neu ei hoel hi o leia, yn disgleirio'n y lloer. Rhimyn arian lle roedd y draenog wedi'i frathu.

'Dim ond brathiad o'r byd arall sy'n goleuo yng ngoleuni Arianrhod. A dim ond croen ar Greadyn wnaiff ddangos yr hoel. Creadyn fel ti.'

'Be chi'n feddwl? Un funud. Be sy'n bod arna'i Ben?'

'Paid poeni, mae'n iawn, mae yna lawer sy' fel ti. Ti'n cofio Bet Helga fyddai'n hercian o hyd? Cael ei saethu pan oedd hi'n sgwarnog wnaeth hi! Nid chdi ydy'r cynta o bell ffor' i groesi'r ffin.'

'Pa ffin?' holodd Huw wedi dychryn.

'Y ffin rhwng dyn ac anifail. Rhwng yr enaid a'r pridd. Y gwylltio Huw bach – y ffin rhwng y gwaraidd a'r gwyllt.'

Pwysodd Huw ar y car, yn methu siarad na sefyll, a llithrodd B.B. i'w freichiau i'w gysuro. Llaciodd y gwregys Judo, a oedd yn dynn am ei ganol.

'Wyt ti'n cofio am Gwrhyr fedrai siarad â'r adar a'r pysgod? Neu March hefo'i glustiau ceffylaidd? A beth am Flodeuwedd a gosbwyd mor greulon a'i throi'n dylluan y nos? A Llew Llaw Gyffes? A Batman? A'r plant sydd yn nofio fel morloi'n y môr?'

'Ond Ben, un funud . . .'

'Beth am Spiderman? Grassi? A'r bleidd-ddynion i gyd? A'r teulu yna o ochrau Brynaman!? Na, mae'r ffin wedi'i chroesi gan gannoedd cyn hyn.'

'Ond pam ydw i'n cael 'y nghosbi fel nhw?' holodd Huw.

'Nid cosb gafodd pawb. Mae yna rai sydd wedi'u geni i newid, i droi. Wyt ti'n cofio beth oedd dy fam yn dy alw di weithia', heblaw am Huw bach?'

'Wel, Huwcyn.'

'A beth arall, pan oeddat ti'n ofnus, neu'n crio? Oedd hi'n arfar sibrwd yn dawel i'th glust di, y cr'adur – y cr'adur bach ciwt? Ydw i'n iawn Huw? Y cr'adur . . . y creadyr . . . y Creadyn.'

'Wel, ia, ond . . .'

'Huw. Wyt ti'n dy nabod dy hun? Wyt ti'n barod i dderbyn pwy wyt ti – beth wyt ti – yn barod i nabod y Creadyn?'

Symudodd B.B.'n anniddig ym mreichiau Huw. Yna, clywodd Huw sŵn.

'Mae yna gar 'ma!' meddai mewn braw.

'Dwi'n gwbod!' atebodd Ben heb gynhyrfu.

'Ond Ben! Rhaid i mi fynd.' Rhedodd Huw i agor y car.

'Ond sut? Wnei di'm eu pasio nhw â'r lôn 'na mor gul!'

'Ond y nhad i fydd yno!'

'Mae'i gar o fan hyn!'

Edrychodd Huw o'i gwmpas yn wyllt. 'Dwi'n mynd am y coed!'

'Mae'n rhy hwyr,' meddai Ben. 'Maen nhw yma!'

'Yn barod!' A gwelodd Huw fod y car bron â

chyrraedd y tŷ. Car gwyn a oedd yn adnabyddus i bawb.

'Wan, callia, paid gwylltio,' ceisiodd Ben ei gynghori.

'Diolch yn fawr i chi Ben! Mae'n rhy hwyr i wneud dim rŵan!'

'Fyddai rhedag 'di gneud petha'n lot gwaeth.'

Roedd hynny'n anodd i'w gredu o weld y car heddlu'n arafu ar ôl carlamu o'r DDinas. Fe welodd Huw'r plismyn a gwelodd ei dad yn y cefn.

Pennod 22

Â Blac Belt yn ei freichiau ac â belt wen am ei ganol, fe gyfaddefodd Huw'n syth mai fe oedd wedi gyrru'r car i dŷ Ben. Edrychodd y plismyn yn graff ar y dillad Judo ac yna ar y difrod i'r car.

'Ai chi neu'r gath oedd yn gyrru?'

Doniol iawn, meddyliodd Huw ond nid oedd pwynt iddo wadu. 'Cesh i ddamwain – 'mond *skid* – ac fe hitiais i'r gwrych.'

'Y gwrych a dim arall?' oedd cwestiwn nesaf y plismon tal, cyn i'r un tew ei gywiro'n ddifrifol, 'Y gwrych a *neb* arall 'dych chi'n feddwl?'

Edrychodd Huw ar y ddau ac yna i wyneb ei dad i drio deall y cwestiwn awgrymog.

'Odych chi'n nabod Miss Kidd?' holodd y plismon tal.

'Kat Kidd? Ydw. Dwi'n ei nabod hi,' atebodd Huw eto'n ddryslyd.

'Odych chi'n ffrindie â Katrin?'

'Wel yndw am wn i.' Daeth y pry copyn i'w feddwl. 'O'n i'n arfar bo'n ffrindia hefo Katrin.'

'Cyn i chi ei bwrw hi lawr.'

'Ei bwrw hi lawr?'

'Dowch mlaen Mr Dafis, mi rydych chi'n gwbod fod Miss Kidd yn yr ysbyty, ac ma' chi sy'n cael eich amau o'i bwrw hi i lawr – yn eich car.'

'Car eich tad,' meddai'r plismon tew er mwyn egluro'n llawn.

Ond roedd Huw'n dechrau deall, neu'n amau o leiaf, mai Lee oedd wedi'i tharo. Wheelan oedd ar fai, ond fod pawb am roi'r bai arno fe.

'Ty'd â'r gath yna i fi,' meddai ei dad gan gymryd B.B. oddi wrtho er mwyn i'r heddlu fedru ei dywys i'r car.

'Ond Dad – da chi'm wir yn credu mai fi darodd Katrin?'

Edrychodd y tad ar y mab yn cael ei arwain gan yr heddlu i'w car, heb wybod beth i'w gredu. Roedd wedi colli pob ffydd yn ei fab, ac yn ei allu ef ei hun fel tad. Wrth ddilyn y car heddlu yn ôl i'r DDinas, roedd ei feddwl ar chwâl. Pam yn y byd oedd Huw wedi chwalu'r wardrob? Beth oedd wedi digwydd i'w gar ac i Katrin? Beth oedd wedi digwydd i Huw i wneud iddo ymddwyn fel hyn? Wrth ddilyn car y plismyn nôl i'r DDinas fawr ddrwg, nid oedd Cliff yn siŵr os ydoedd wedi nabod ei fab mewn gwirionedd erioed. Edrychodd yn drist ar y gath wrth ei ymyl â'i phawennau ar y *dashboard* a'i thrwyn wedi'i wasgu ar y gwydr. Roedd hi'n edrych ar Huw, ar gefn ei ben yn y car o'u blaen, ac yn dilyn pob symudiad, pob blewyn. Oedd y gath yn ei ddeall a'i nabod yn well nag oedd e?

Roedd y stafell yn fach a'r awyr yn drwchus gan gwestiynau a chwys y ddau blismon. Roedd Huw wedi blino'n ofnadwy ar ôl bod yno ers rhai oriau ond roedd y plismyn yn ddidrugaredd o hyd.

'Dwi am bwysleisio, er eich mwyn chi, Mr Dafis – a'r tâp sydd yn cadw i droi – fod cyflwr Miss Kidd yn ddifrifol.'

Symudodd Huw'n ei gadair a llaciodd y dillad Judo oedd amdano.

'Mae hi bron â marw Huw,' meddai ei dad yn ansensitif. 'Sawl gwaith sy isho dweud ei bod hi'n brwydro . . .'

'. . . am ei bywyd! Dwi'n gwbod, fi'n gwbod!' Cododd Huw'n ei gadair gan ei cholli hi'n llwyr. 'Ond sawl gwaith sy' isho i *mi* ddeud, ma' nid fi aru wneud. Taswn i mond wedi agor y drws.' Dihangodd y frawddeg olaf yn anfwriadol o'i geg.

'Be? Chi'n cyfadde eich bod chi wedi gweld Katrin?' Cododd y plismon tenau i'w draed yn gyffrous.

'Nesh i'm ei *gweld* hi o gwbwl.'

'Ond ddywedoch chi nawr –'

'Ei chlwad hi tu allan i'r drws wnes i. Dyna'i

gyd! Wnaethon ni siarad trwy'r drws, wel na – nes i'm hyd yn oed siarad!'

'Ond Huw!' gwaeddodd ei dad. 'Be ti'n ddeud? Bo ti 'di malu dy gartra heb reswm o gwbwl! Heb fod Katrin na Lee – na neb arall – ar gyfyl y lle!'

Edrychodd y plismyn ar Huw. Doedd pethau ddim yn argoeli'n dda iddo. Rhwng cyflwr y car a bod golwg y diawl ar y byngalo a'r ffaith bod Katrin wedi cael ei tharo wrth y gylchfan, roedd y plismyn yn gwybod fod gan Huw rywbeth i'w guddio. Roedd hyd yn oed ei dad yn ei amau.

'Ga'i awgrymu,' aeth yr un tew ymlaen, 'eich bod chi a Miss Kidd wedi cwmpo mas yn y tŷ, a'ch bod chi wedi gwylltio . . .'

'Ond nesh i'm agor y drws iddi!'

'. . . ddim nes i chi wylltio. Yna, fe wnaethoch chi ruthro i'r car a gyrru ar ei hôl hi ac yna ei bwrw hi lawr . . .'

'Ond falle trwy ddamwain,' ategodd y plismon arall ar ei draws.

'. . . ei bwrw hi i lawr wrth y . . .'

'Na! Nesh i ddim!' plediodd Huw yn ddagreuol. 'Faswn i byth yn brifo Katrin – ddim byth! Do, nes i wylltio, ac efallai ei bod hi wedi fy siomi'n ofnadwy ond . . .'

'Ddigon i chi fod eisiau ei lladd hi?'

Dim ateb.

'Dial am ei bod hi wedi'ch gadel chi lawr?'

Cwympodd Huw yn llipa i'w gadair. Roedd wedi bwrw rhyw wal – heb egni i ddadlau ei achos ddim mwy.

'Dyna ddigon am nawr,' meddai'r un tew wrth ei dad. 'Dowch ag e nôl yn y bore'r peth cynta.'

'Dwi'n gweithio – amhosib!' meddai ei dad bron yn syth.

'Ond bydd rhaid i ni ei holi eto'n y bore.'

'Ond dwi ar shifft ymhen teir awr – o ddifri! Bydd rhaid i fi ei adael o fama hefo chi.'

Edrychodd Huw'n anghrediniol ar wyneb ei dad, yn methu credu fod ei dad yn ystyried ei adael o gwbwl.

'Na wir, fedrai'm colli shifft yn ddirybudd – mae dau 'di cael y sac gan yr uffar o fos yna'n barod.'

'Ond fedra i'm aros fan hyn ar mhen y'n hun.'

'Mae'n ddrwg gin i Huw ond dy fai di ydy hyn a dwi'm yn gwbod beth arall i'w wneud? Fedrai'm dy drystio di i'th adal di adra dy hun! A does gynnon ni neb arall 'da ni'n nabod.'

'Neb?' meddai'r plismon tew yn syn cyn i Huw drio eto,

'Ond dwi'n gaddo dod nôl bore fory!'

'Ceith o aros fan hyn,' meddai'r plismon tal, 'mae'n rhy ifanc i gell ond ma' gyda ni stafell sy'n addas.'

Plediodd Huw ar ei dad â dagrau'n ei lais, 'Ond gadewch Blac Belt yma gyda mi'n gwmni.'

'Mae'n y car, a bydd hi'n saff yn y car,' meddai ei dad yn dawel.

'Be? Tra byddwch chi yn y ffatri am oria!'

Cerddodd Cliff Oswyn Hughes-Dafis yn drwm at y drws. 'Fydd hi'n iawn – sgin i'm dewis sti Huw.' Agorodd y drws a dweud yn euog cyn mynd, 'a bydda i nôl ar ôl diwedd y shifft.'

Aeth allan heb allu edrych i lygaid ei fab a'i adael yng ngofal y plismyn.

Er bod y dillad Judo fel pyjamas amdano, roedd cysgu'n amhosib i Huw. Efallai mai nid cell oedd ei garchar, ond beth arall ond cell yw ystafell na allwch ddianc ohoni? Roedd unig ffenest yr ystafell yn uchel ac yn fach, rhyw ddeg troedfedd a mwy o'r llawr. Ac er nad oedd y drws ei hun wedi'i gloi, fe eisteddai plismon y tu allan i'w warchod trwy'r nos, fel petai y llofrudd perycla'n y byd!

Rowliodd Huw ei hunan i bêl ar y llawr. Roedd fel babi'n y groth ond heb fam i'w gysuro. Teimlodd y muriau a'r DDinas o'i gwmpas yn ei wasgu. Heb wely uwch ei ben, roedd yn ddiamddiffyn. Heb gwmni Blac Belt, roedd yn unig. Gobeithiai y gallai gysgu a breuddwydio – breuddwydio ac anghofio'r byd real. Trio anghofio am ei fam, ac am Katrin – un arall a oedd wedi ei tharo gan gar. Pam, o pam na wnaeth e agor y drws? O achos ei ofn? Ofn bwlis unwaith eto? Neu ofn bod yn wahanol? Ofn dangos ei hun fel y creadur.

Ond roedd Katrin ar fai hefyd. Fe fyddai Huw wedi'i helpu ac agor y drws oni bai iddo nabod ei llaw. Roedd e'n rhuthro at y drws er mwyn ei agor, pan welodd . . .

Wrth gofio am y corryn, fe deimlodd ei hunan yn llithro o'r diwedd i gwsg, ac yn syrthio i ddwylo ei hunllef. Nid oedd anghofio na dihangfa i fod i Huw Dafis. Dim ond hen hunllef hunllefus. Yr un hen hunllef, a oedd ychydig yn wahanol bob tro.

Pennod 23

Trwmpedwr yn tewi . . . prif gorryn yn camu o'r llwyfan . . . llenni yn agor i ddangos y ceffyl sy'n ysu am gael mynd . . . neuadd sy'n tynnu ei hanadl . . .

yn disgwyl . . .

yn disgwyl . . .

iddo gwympo ar ei din wedi meddwi!

'Ti'n feddw Huw Dafis?' meddai'r prif gopyn, bron ffrwydro, a'i wyneb e'n biws.

'Nid fi syr – y corryn wnaeth yfed, ddim fi.'

Y prifathro bron sgrechian. 'Panto i'r plant, a ti'n chwil!'

'Dwi'm yn chwil syr – dwi'n geffyl ac mewn cariad â'r corryn – yn sobor o sâl, ond yn diodde o gariad na'i gyd.'

A dyma'r bachgen yn gafael yn nwylo'r prifathro a'i droelli o gwmpas fel gwe.

'Dwi'n caru'r corryn . . . dwi'n caru'r corryn . . .'

Ond yna, dyma rhywun yn rhywle'n rhoi bloedd. Llais bachgen sy'n galw. O nenfwd y llwyfan. O ganol y llif-olau, daw gwaedd allai huno'r byw . . .

'Naaaaaaaaaaaaaaaa! Paid caru'r Korryn, hi Katrin yw'r Korryn – Katrin yw'r Korryn sy'n cnoi!

A dyma'r bachgen wnaeth weiddi yn gollwng y ferch yma, Katrin, i lawr. O nefoedd y llwyfan mae'n ei gollwng ar raff, fel pry' wedi ei glymu mewn gwe.

'*Nid Katrin!' meddai'r crwtyn o'r ceffyl. 'Nid Kat!*'

'Nage – Gwyn!'

'*Nid Katrin wnaeth feddwi fi – na!*'

'Na, Gwyn sy' ma.' Clywodd Huw lais y bachgen uwch ei ben.

'*Dos o ma! Fasa Katrin byth yn gwneud y fath beth!*'

'Huw! Dihuna!' Roedd Gwyn Goch yn dal i alw o'r nefoedd, neu'n hytrach o'r ffenest ym mhen ucha'r ystafell.

'*Ond pam fasa Kat yn fy . . ?*'

'Fi, Gwyn sy ma, lan fan hyn yn y ffenest – deffra, a dal yn y rhaff. Wyt ti ishe cael dy achub neu be?'

Dihunodd Huw o'r diwedd a gwelodd fod Gwyn Goch yn galw arno mewn gwirionedd. Yna, gwelodd y rhaff oedd yn hongian o'r ffenest – rhaff a oedd bron â chyrraedd y llawr.

'Sut gyrhaeddaist ti fanna?'

'Na'i esbonio i ti eto – ond ma'n rhaid i ni fynd.'

'Ond beth ddudith y plismyn?'

'Ti'n bwriadu aros i ofyn, wyt ti Huw?'

Edrychodd Huw i fyny ar Gwyn wedi'i fframio'n y ffenest ac ochneidiodd wrth ystyried ei ddewis.

A ddylai e ddianc er ei fod yn gwybod ei fod e'n ddieuog? Meddyliodd am Katrin. Ie, dyna oedd yr ateb, siarad â Kat a chael gwybod y gwir. Rhaid oedd siarad â Katrin ar frys. Heb oedi i feddwl nac ystyried yn iawn, gafaelodd yn dynn yn y rhaff a gadael i'r cochyn ei dynnu i'r nos.

Pennod 24

O'u cuddfan yn y goeden, roedd mynedfa'r ysbyty i'w weld yn reit glir. Mynedfa stryd gefn oedd hon, heb neb yn gwarchod y drws na neb o gwmpas i'w gweld yn mynd i mewn. Doedd Gwyn ddim yn rhy hapus â'r cynllun. Er ei bod hi ymhell wedi hanner nos erbyn hyn ac felly bod dim llawer o bobol o gwmpas, fe olygai hynny hefyd y bydden nhw'n eithaf amlwg. Dau fachgen yn crwydro'r ysbyty'n y nos, un ohonynt mewn dillad Judo, a heb sgidiau!

'Ond o leia ma' nillad i'n wyn,' sibrydodd Huw, ''run lliw â chot doctor!'

'Ond beth am y belt wen 'na am dy ganol?' meddai Gwyn o'r gangen nesa'n ddi-wên.

'Medra i ei thynnu hi i ffwrdd.'

'A'r traed na? Ddaw rheina ddim bant! Ai Hobbit neu be wyt ti Huw?'

'Meindia dy fusnes!' meddai Huw gan drio cuddio'i draed noeth blewog.

Aeth Gwyn yn ei flaen. 'Pam na allwn ni chwilio amdani yn y bore?'

'Pan fydd yr heddlu i gyd yn chwilio amdana' i?' meddai Huw. 'Na, ma'n rhaid i fi ei ffeindio hi heno i brofi mai Lee ac nid fi wnaeth ei tharo.'

Edrychodd Gwyn ar ei ffrind.

'Ond nes i'm trafferthu dy achub jyst er mwyn i ti ga'l dy arestio'n syth.'

'A nesh i'm gofyn i ti f'achub i. Gyda llaw, ti'n dal heb esbonio sut wnest ti!'

'Gyda rhaff.'

'I ddod lawr – ond ddim i fyny i'r ffenest. Roedd y stafell yna loriau i fyny! *Come on*, ma' na rwbath ti'm yn deud wrtha' i, Gwyn.'

'A ma na bethe ti'm yn gweud wrtho i!' meddai Gwyn, cyn llithro o'r goeden i'r llawr.

'Hei, ty'd nôl! Lle ti'n mynd?'

'I'r ysbyty, ble arall? Well i ni ddachre os o's raid i ni whilo am Kat. Ma'r ysbyty na'n anferth o le.'

'Ma' gen i syniad,' meddai Huw gan neidio i lawr, 'dilyn fi – ma' na gadeiriau draw fanna!'

'Cadeiriau?' rhuthrodd Gwyn ar ei ôl yn bryderus. 'Sda ni'm amser i ishte – fyddwn ni'n lwcus i'w ffindo hi o gwbwl.'

Roedd y coridor o'u blaenau fel twnnel di-ddiwedd, twnnel o olau, heb unman o gwbwl i guddio.

'Ty'd! Gwthia fi, Gwyn!'

'Ond neith rhywun y'n gweld ni,' sibrydodd y cochyn o'r tu ôl iddo.

'Dyna pam ma'n rhaid i ni i fynd yn gyflymach.'

Rhegodd Gwyn Goch, ond gwthiodd y gadair

olwyn, a Huw, yn eu blaen cyn troi am y chwith yn ddi-rybudd.

'Ffordd hyn.' Roedd Gwyn wedi gweld arwydd yn pwyntio at y ward gofal dwys. Os oedd y plismyn yn dweud y gwir am ei chyflwr, yna dyna lle y byddai Katrin.

Coridor arall, bron mor hir â'r un cyntaf a lleisiau nyrsys neu ddoctoriaid i'w clywed o bell.

'I'r chwith, tria hon,' meddai Huw gan gyfeirio at ystafell oedd wrth ymyl. Ond nid oedd Katrin yno a dim ond toilet oedd yn yr ail ystafell.

'Fyddwn ni wrthi drw'r nos,' meddai Gwyn yn negyddol gan edrych i lawr y coridor hir, 'a ma' rhywun yn bownd o'n dala ni rywbryd.'

'Fel hon sy'n dod tuag atom ni,' bloeddiodd Huw dan ei wynt.

Gwthiodd y cochyn y gadair i'r stafell agosaf.

'Blydi nyrs!' tagodd Gwyn.

'Be ti'n ddisgwl mewn sbyty?'

'O'dd hynna'n *rhy* agos – fi'n mynd!'

'Ond mae hi yma yn rhywla. Plîs, ma'n rhaid i fi ei gweld hi. Plîs Gwyn, gad i ni ddal ati i chwilio am ychydig.'

Ni atebodd Gwyn Goch. Roedd e'n syllu mewn sioc ar y gwely yn y stafell.

'So, dere Gwyn, gwthia fi – ma' rhaid i mi gael siarad â Kat!'

'Wel, dyma dy siawns di,' sibrydodd Gwyn Goch, 'ond sai'n siŵr os wyt ti ishe ei gweld hi.'

Trodd Huw i edrych ar y gwely. 'A sai'n credu y gwneith hi siarad fyth eto.'

'Nid Katrin 'di honna,' meddai Huw'n anghrediniol. Er ei fod wedi ofni'r gwaethaf am Katrin, doedd e erioed wedi disgwyl ei gweld yn y cyflwr yma. 'Nid Kat yw hi. Gwyn? All hi'm bod.'

'Mae ei henw hi fanna.'

Syllodd Huw ar yr enw oedd wedi'i ysgrifennu'n glir ar y ffrâm uwchben ei gwely. Edrychodd yn ôl ar y ferch, ac ar y cleisiau a'r briwiau a'r peipiau diddiwedd a oedd yn tyfu o'i chorff. Triodd Huw godi o'r gadair, ond methodd. A'i lais wedi torri, dechreuodd siarad â'r llanast oedd o'i flaen.

'Dwi'n sori. Kat. Sori. Mae'n ddrwg gin i Katrin.'

Dechreuodd Gwyn dynnu ei ffrind at y drws.

'Ond dwi isho deud sori.'

'Ti wedi,' meddai Gwyn yn reit lletchwith.

'Dau funud,' plediodd Huw trwy'i ddagrau.

'Ond ma' rhaid i ni fynd. Elli di'm siarad â Katrin fel hyn.'

'Dau funud, dim mwy. Dwi'm isho symud cyn i mi gael cyfla i ddeud sori!'

Aeth Gwyn at y drws yn anfodlon, 'Fi'n mynd i'r toilet ond fydda i nôl mewn dau funud, ti'n deall? Dau funud, dim mwy.' Gadawodd Huw'n eistedd yn y gadair olwyn wrth y gwely yn syllu ar Kat.

Roedd ei chroen hi hyd yn oed yn wynnach nag arfer a'i gwallt hi o'r golwg o dan y bandej a'r swabs, er bod ychydig ohono'n dangos o hyd, yn ddu-las fel ei chleisiau, ac yn gwthio i'r golwg fel y corryn a welsai ar ei llaw.

'O'n i wir yn mynd i agor y drws Kat! Dwi'n gaddo – fe faswn i wedi ei agor oni bai am y . . . Nid ti wnaeth fy meddwi i wir, Kat? Plîs siarad, plîs duda! Mae'n rhaid i fi glwad sti Katrin.'

Estynnodd Huw at y llaw ar y gwely a'i throi'n ofalus heb symud y beipen oedd ynddi. Rhwng ei bawd a'r bys cyntaf fe welodd Huw'r corryn du unwaith eto. Mor glir.

'Ond Kat – o'n i'n ffrindia. Dwi'm yn dallt. Dwi'm yn credu. Nes i feddwl ein bod ni'n ffrindia.'

'Ffrindie, a dim mwy?' Disgynnodd llaw yn drwm ar ysgwydd Huw. 'Ti'n ffaelu ei gadel hi i fod Huw!'

'Lee!' Ceisiodd Huw godi, ond roedd Wheelan yn gafael ynddo yn dynn.

'Hyd yn o'd nawr, ti'n trio ei chymryd hi oddi wrtha i!'

'Be ti'n feddwl? Gad fi fynd!' Doedd Huw ddim yn gallu ei weld na throi rownd.

'Fe gei di dalu am y'n fforso i i roi loes iddi! Gei di dalu am ddweud wrthi am y flonden, a'i dwgyd hi, Kat, oddi wrtha i!'

'Be ti'n feddwl? Ddudis i ddim byd am y . . .'

Ond chwarddodd Lee ar ei draws. 'Blydi lwcus

dy weld di fan hyn, *eh*?' Dechreuodd Lee glymu Huw i'r gadair yn dynn. 'Dod yma i gadw cwmni i nghariad o'n i! Ond man a man i fi ddial ar y boi roiodd loes iddi hefyd!'

'Ond ti wnaeth ei brifo hi, ddim fi. Dwi'n gwbod mai ti wnaeth ei tharo'n y car.'

Brwydrodd Huw i drio torri'n rhydd, ond yn ofer.

'Os ti'n gweud Huw, ie falle – ond fe wna i'n siŵr na siaradi di â Kat na neb arall, achos ma'r *bandages* ysbyty ma'n gryf!'

Wrth i Lee estyn am rhwymyn arall i'w roi dros geg Huw, fe stopiodd Huw frwydro. Roedd e wedi sylwi ar y marc ar ei law. Doedd Wheelan ddim yn gwisgo'i faneg am unwaith, ac fe welodd Huw'r corryn bach du wrth y bawd. Dyna pryd y sylweddolodd ei fod wedi gwneud camgymeriad ofnadwy.

'Beth sy?' holodd Lee, yn methu deall pam fod Huw wedi stopio brwydro'n ei erbyn mor sydyn.

'Ti feddwodd fi Lee!'

'Ti feddwodd dy hunan.'

'Ond ti wthiodd y botel i'r ceffyl.'

Chwarddodd Lee Wheelan. 'Wel ie, pwy arall sa'n neud?'

'Dy law di â'r pry copyn nid . . .'

'Pwy?' holodd Lee.

Wrth i Huw edrych draw at y gwely, bu'n rhaid i Lee chwerthin yn uwch.

'Hi Katrin! Wel ie, ma gyda hi datŵ fel un fi.'

'Ac yn union 'run lle.' Roedd llais Huw bron â chwalu.

'Yn gwmws 'run lle, fel y rhan fwya o *cheergirls* y tîm. Y *cheergirls* sy'n addoli eu capten!'

A dyna pryd y rholiodd Lee ar ei sgidiau sglefrio o'r tu ôl i'r gadair a wynebu Huw. Gwisgai grys T y tîm hoci a darllenodd Huw'r geiriau mawr oedd ar y crys – *City Spiders*.

'Ti'n fwy twp nag o'n i erio'd yn ei feddwl Huw bach! Yn meddwl fod pob corryn yn cnoi!'

Edrychodd Huw ar Katrin unwaith eto, gan ddweud sori'n ei feddwl a'n gweddïo ar yr un pryd fod Gwyn ar fin cyrraedd nôl.

'Sdim amser am sws – rhaid i ni fwrw'r hewl!' chwarddodd Wheelan gan glymu'r rhwymyn olaf. 'Bant â ni i gau dy geg di am byth, ond geith y bandej neud y tro jyst am nawr!' Gwthiodd y gadair drwy'r drws a dechrau gwibio i gyfeiriad allanfa'r ysbyty. Aethant trwy ddrws yr allanfa ac allan i'r ffordd. Anelodd Lee Wheelan yn syth am yr heol a arweiniai i lawr at y drafffordd.

'Ti'n hoffi trafeilio ar sbîd Huwcyn bach?' galwodd Wheelan yn wyllt wrth i'r allt fynd yn fwy serth ac yn fwy anodd i'w dringo. Yna fe sgrechiodd Lee yn wallgo i'r awyr.

Cyrhaeddodd ei sgrech glustiau Gwyn Goch wrth iddo yntau ruthro allan o'r ysbyty ac i'r nos. Oni bai

am y waedd, fyddai e ddim wedi gweld Lee a Huw
yn sgrialu i gyfeiriad y draffordd. Fe fyddai'n
amhosib eu dal yn awr. Wrth i'r ddau ddiflannu o'r
golwg, fe glywodd Gwyn sgrech arall, sgrech las
ambiwlans yn gadael yr ysbyty ar frys.

Edrychodd draw ar Wheelan yn diflannu i'r nos
a'i enw ar gefn ei grys T. Roedd capten y tîm hoci'n
prysuro tuag at ei gôl. Yn benderfynol o ennill y
gêm.

Pennod 25

Disgynnai'r *slip-road* yn serth, ac roedd Huw'n rhuthro mor gyflym at y draffordd nes i'r gwynt rwygo'r rhwymyn oedd yn dynn am ei geg a gadael iddo weiddi'n rhydd.

'Hei, paid becso,' gwaeddodd Wheelan, 'ddim mwy na rhyw *seventy*, fi'n gaddo Huw bach!'

Gwelodd Huw'r tarmac a golau ceir oedd yn gwibio o'r DDinas yn nesáu tuag ato.

'Mae 'na ormod o geir, a gormod o *speed*!'

'Fyddai'n iawn, diolch yn fawr,' chwarddodd Wheelan, 'gyda'r helmed sdim ishe i ti fecso amdana i.' Tynnodd helmed o'r bag oedd ganddo ar ei gefn a'i gwisgo ar ei ben.

'Gad fi i fynd!' criodd Huw.

'Yn y funed – ddim nawr – co ni'n mynd,' canodd Lee wrth ymuno â'r draffordd.

Nid oedd Huw wedi gweld cymaint o geir yn ei fywyd – y loris a'r faniau a'r ceir 4x4 – wel, ddim mor agos â hyn, o leia, ag yntau'n eu canol mewn cadair olwyn gyffredin ac yn teithio'n gyflymach na nhw! Roedd gyrrwyr y ceir wedi dychryn bron cymaint â Huw o weld y fath olygfa ar y lôn.

'Mae nhw ishe i ni fynd yn agosach ma'n rhaid,'

chwarddodd Lee wrth iddyn nhw ganu eu cyrn. 'Ma'r ffilm ma'n rhy *slow* – rhaid i ni *cut to the chase* achan Huw!'

Llywiodd Lee'r gadair yn fedrus a chwim fel pe bai'n ffon hoci'n ei law. Symudodd hi i'r chwith ac i'r dde, i fewn ac yna allan, yn wallgo trwy'r traffig. Symudai yn agos at un car, yna mynd o gwmpas un arall. Roedd yn chwarae â Huw fel pe bai'n chwarae mewn gêm hoci ar y rhew.

'Ble ma'r gôl?' galwodd eto gan chwilio am le addas.

'Pa gôl?' galwodd Huw mewn panic.

'*Puck!*' galwodd Lee. 'Ti yw'r *puck* ar y ffon. Nawr, ma' ishe ffindo rhwle i sgorio!'

'Gad fi i fynd!' sgrechiodd Huw wrth i lorri eu pasio.

'Fe wna i, yn y funud, ond lle?'

Yna, dyma nhw'n dechrau arafu. Roedd y draffordd yn codi a'r gadair a Wheelan yn arafu. Felly estynnodd Lee draw at y lorri oedd yn pasio.

'Dal sownd Huwcyn bach!'

Troellodd Lee'r gadair fel partner mewn dawns, ei throi nes bod Huw'n wynebu am yn ôl ac yn cyflymu unwaith eto. Gydag un llaw yn cydio'n y gadair a'r llall yn cydio'n y lorri, roedd Wheelan fel bachyn yn ei chadw'n ei lle, a'r gadair fel *trailer* bach a'i holwynion yn sgrechian a gwreichion yn tasgu ohonynt!

'Mae'r gadair yn dechrau chwalu!'

'A fi!' gwaeddodd Lee a'i freichiau bron cael eu rhwygo o'u lle.

Gwelodd Huw'r lorri fel mynydd a oedd yn mynd i frêcio a'u gwasgu nhw'n slwtsh unrhyw eiliad. Roedd e'n berwi, yn chwysu, yn ysu am gael dianc ond yn methu â gwylltio go iawn. Am y tro cyntaf ers iddo gael ei gnoi gan y draenog, nid oedd Huw'n gallu gwylltio! Roedd ei ofnau'n ei rwystro – ei ffobia o geir yn golygu ei fod yn y lle gwaethaf ar wyneb y byd! Nid oedd draenog yn gartrefol ar draffordd!

'Hei, Lee – pam mor *slow*? Ma' Mam-gu'n gyrru'n gloiach na 'na!'

Nid oedd Wheelan na Huw'n gallu credu eu clustiau.

'Gwyn Goch *to the rescue*!' gwaeddodd y cochyn o dop yr ambiwlans wrth iddi eu pasio.

'Diolch byth,' sgrechiodd Huw.

'*Sod off!*' galwodd Lee.

'Dau funud,' meddai Gwyn cyn neidio'n osgeiddig o'r ambiwlans i ben *trailer* y lorri a diflannu o'r golwg.

'Paid â ngadel i nawr!' llefodd Huw.

Ond nid oedd Gwyn wedi'i glywed wrth iddo frwydro â'r gwynt a thrio llusgo'i hun dros y lorri at y bwlch rhwng y *trailer* a'r cab. Fel bocsiwr yn ymladd â dyn anweledig, fe baffiodd ei ffordd trwy'r gwynt a chyrraedd y cab a gollwng ei hunan i lawr. Roedd ei fwriad yn un syml. Os allai ddatgysylltu'r cab a chael y *trailer* yn rhydd a'i adael i fynd, byddai gobaith o rwystro Lee Wheelan. Gwyddai Gwyn y byddai'r *trailer* yn stopio rhywbryd, ond doedd e ddim yn gwybod ble na phryd na sut. Dim ond gobeithio y byddai hynny'n digwydd cyn i Huw, na neb arall, gael eu lladd – cyn i'r draenog droi'n slwtsh, yn ddim ond staen dros dro ar y draffordd.

Tynnodd Gwyn ar y gwifrau a'r plygiau a'r geriach rhyfedda, yna'r clo, ac yn olaf, braich a oedd yn pwyso fel plwm. O'r diwedd, fe lwyddodd Gwyn Goch i ddatgysylltu'r *trailer.* Wrth iddo bellhau oddi wrtho, fe neidiodd Gwyn o'r cab yn ôl i'r *trailer* yn saff. Rhuthrodd dros y top am y cefn a diolchodd fod y *trailer* yn arafu heb golli rheolaeth. Cwympodd Gwyn ar ei fol i edrych dros y cefn er mwyn gweld os oedd Huw yn iawn. Edrychodd i lawr dros yr ochr a gwelodd . . . ddim byd. Dim ond heol yn arafu. Nid oedd golwg o Wheelan na'r gadair na Huw.

'Gwyn Goooooooooch!'

Yn y pellter, fe welodd Gwyn bod Wheelan yn codi dau fys arno gan ddal y gadair yn ei law arall o hyd. Rhaid ei fod wedi gollwng fynd o'r *trailer* wedo iddo arafu jyst digon, ac wedi rholio am y *slip road* oedd yn digwydd bod wrth ymyl. Sylweddolodd Gwyn ei fod ef yn arafu'n ofnadwy erbyn hyn, felly fe neidiodd o'r *trailer* i gar oedd y tu ôl. Ond nawr, roedd e'n cyflymu i'r cyfeiriad anghywir, felly neidiodd i fan, ac o'r fan i gar arall, ac yna i lorri. Ond roedd pawb yn teithio ymhellach oddi wrth Huw yn ei gadair. Roedd Gwyn Goch yn mynd ymhellach o'r DDinas a'i gyfaill a'r seico a oedd yn rheoli'i dynged.

Pennod 26

Roedd y *slip road* yn arwain at barc busnes bychan oedd yn gartref i gwmni ffenestri, i ffyrm adeiladu a warws cerbydau ail law. *Dead end* gwirioneddol! Gwenodd Lee o sylwi ar y warws a'r ceir wedi'u parcio mewn rhesi.

'Plîs Lee,' ochneidiodd Huw wrth i'w gadair gyflymu tuag at yr adeiladau, 'dyna ddigon!'

'Bron â bod,' atebodd Lee, gan sylwi ar un car yn benodol a gadael y gadair i fynd.

'Ond hei, paid â . . .'

Rholiodd y gadair i gyfeiriad y *showroom* ffenestri, i lawr tyle reit serth, at wal gyda'r geiriau *'There's no pane in our prices!'* arni'n fawr ac yn fras. Gwelodd Huw'r geiriau'n tyfu'n frawychus o fawr wrth iddo fethu arafu na dianc.

'Naaaaaaaaaaaa – aaaaaw!'

Trawodd y wal oedd reit wrth ymyl ffenest y siop, a chlywodd ei goes yn torri wrth i'r gadair droi drosodd. Gwnaeth ei orau i deimlo'i goes ond roedd ei freichiau wedi'u clymu, ac yntau'n gorwedd ar ei ochr yn y gadair o hyd. Roedd ei foch yn gwasgu'n erbyn concrit y llawr a gallai weld yr olwyn a oedd i fyny yn yr awyr yn troi'n ddireolaeth. Roedd Huw yn sownd ac nid oedd dim y gallai ei wneud. Yna, clywodd larwm car.

Larwm jîp ac nid car oedd yn canu – 4x4 a oedd ar werth yn y warws. Rhaid fod Lee wedi penderfynu ei ddwyn. Wel iawn, ceith o fynd! meddyliodd Huw wrtho'i hun wrth droi ei ben er mwyn ei weld yn well. Dim ond gobeithio y daw rhywun o rywle cyn i fi farw yn fama.

Ond rhewodd ei galon pan sylwedolodd Huw mai nid dianc oedd Lee! Roedd e wedi dewis ei gar yn ofalus – jîp hefo *bull bar,* yn bwrpasol ar gyfer y gwaith oedd o'i flaen. Roedd wedi dewis y car mwya'n y rhes, y car cryfaf a'r unig un â bar haearn arno – bar mawr dwbwl ar y blaen a fyddai'n medru bwrw unrhyw greadur o gwbwl a ddeuai i'w lwybr.

Gwingodd Huw, ond roedd y rhwymyn yn dynn. Gwthiodd ei freichiau mor galed ag y medrai, ond roedd y ddwy wedi'u strapio'n ddisymud i'w gorff. Roedd yn gaeth fel anifail mewn trap – ac fel anifail, fe ddechreuodd gynhyrfu. Teimlodd y gwallt oedd ar ei gefn yn tyfu'n gyflym. O'r diwedd, rhwygodd y bandej wrth i'w freichiau a'i asennau gynyddu. Wrth i Lee groesi'r gwifrau er mwyn cychwyn y car, roedd Huw hefyd ar gychwyn ei daith – y daith a oedd yn gymysgwch o bleser a phoen. Roedd Huw Dafis yn troi. Roedd y Creadyn am ffoi, ac roedd Wheelan yn troi olwyn y jîp.

Fe lywiodd Lee'r cerbyd i'r heol a arweiniai at y

gadair. Edrychodd draw ar adeilad y siop gwerthu ffenestri yn eiddgar ond yna stopiodd a syllu'n syn. Ble ar wyneb y ddaear oedd Huw? A beth ar wyneb y ddaear oedd hwnna, y 'creadur' na oedd yn tyfu o flaen ei lygaid?

Wrth ymyl y gadair a'r bandej, gwelodd Lee rywbeth yn codi i'w draed. Yn ei noethni a'i hylldra a'i wychder a'i wallt, fe gododd y Creadyn ar ei draed, ac ymestyn yn dal. Tynnodd Lee Wheelan ei helmed, heb dynnu ei lygaid oddi ar yr olygfa am eiliad. Ai belt Judo oedd honna am ganol y 'peth' na? Y belt a ddefnyddiodd i glymu Huw i'r gadair? Ond anifail oedd hwnna. Ac eto nid anifail o gwbwl.

Cofiodd Lee am y noson yn y twnnel pan welodd gysgod o'r creadur hwn o'r blaen. Ond yma, yng ngolau lampau'r jîp, nid oedd dianc rhag y gwirionedd diawledig. Huw Dafis oedd hwnna . . . fuodd hwnna . . . oedd hwnna o hyd! Nid dyn! Nid anifail!

'Ond *road kill*,' gweiddodd Lee. 'Dyna fyddi di Dafis! Dim ond *road kill* – y *freak* – wyt ti'n clywed?'

Ysgyrnygodd y creadur ei ddannedd a chwaraeodd y gyrrwr ei droed ar y sbardun. Refiodd yr injian a symudodd yn nes cyn refio unwaith eto. Roedd y peiriant yn herio'r anifail. Byd dyn yn bytheirio byd natur, yn dangos ei rym ac yn cicio'i draed yn y llwch. Roedd y bariau – y *bull bars* – yn ddu ac yn ddur, ac yn barod i dynnu gwaed. Ail-wisgodd Lee Wheelan ei helmed a gwasgodd ei droed i'r llawr.

Ond safodd y creadur yn stond rhwng y cerbyd a ffenest y siop gwerthu ffenestri. Yn gwylio. Yn cofio. Yn cofio am ferch a oedd yn glaf mewn ysbyty, yn brwydro am bob anadl prin. Yn cofio am fam gafodd ei lladd â char arall wedi ei ddwyn gan *joy-rider* fel hwn. Yn gam neu'n gymwys, penderfynodd y creadur ei bod yn bryd dial. Dyma'i gyfle i wneud yn iawn am y damweiniau, ac am bry copyn a gerddai ei hunllefau o hyd. Roedd Huw am wynebu ei ofnau o'r diwedd. Ac felly, wrth i'r cerbyd gyflymu, wrth i'r jîp godi sbîd a gyrru'n syth tuag ato, fe safodd y Creadyn ei dir. Ni redodd Huw Dafis. Ni ddihangodd rhag ergyd y bwli'r tro yma . . .

. . . ac eto, ni tharodd yn ôl! Ni chododd ei law, ni symudodd un cam tuag at y cerbyd. A'i wregys yn wyn am ei ganol fe gofiodd mai ildio fyddai'n ennill y dydd. Gadael i'r gelyn ei goncro ei hun. Hunan amddiffyn a nabod yr hunan, dyna athroniaeth y Judo. Troi cefn yw greddf pob draenog, a dyna wnaeth Huw cyn i'r cerbyd ei daro.

Y peth ola welodd Wheelan oedd wal gyfan o hoelion – mur caled fel dur ar gefn y creadur, yna gwydr a gwreichion a dim.

163

Cyrhaeddodd Gwyn Goch wrth i Huw ddod i'r golwg o ganol y dryswch echrydus o wydr a metel a wal.

'Ti'n iawn?' rhuthrodd Gwyn ato'n syth.

'Diolch byth bod na ffenest! Fyddai'r wal wedi'm lladd.'

'Es di drwyddi?'

'Do, ond dwi'n iawn. Trois i nghefn ato fo!' meddai Huw'n ymwybodol o'i noethni.

'Ond sut?' holodd Gwyn. 'Mae'n amhosib!'

'Ond dwi'm yn gwbod am Wheelan.' Ceisiodd Huw newid y pwnc gan chwilio am y dillad a rwygodd.

Yna, gwelodd Gwyn y jîp, neu'r hyn oedd ar ôl ohoni bellach, wedi'i gwasgu i'r ffenest a'r wal.

'Na hust!' gweiddodd Huw, 'mae o'n fyw – dwi'n ei glwad o. Ty'd, ffonia ambiwlans!'

'Sdim ishe. Maen nhw'n dod.'

Clywodd y ddau sŵn seiren o'r draffordd.

'Ond mae'n rhaid i ni ei helpu o, nawr,' meddai Huw gan ddechrau dringo dros y rwbel at y jîp.

'A chael ein dal? Dere mlân – ma' Wheelan yn fyw! Does dim byd allwn ni ei wneud!' Roedd y seiren a'r golau glas erbyn hyn wedi troi o'r draffordd ac yn dod i lawr y *slip-road*.

'I'r ffatri 'ta – ty'd,' sgrechiodd Huw dros y sŵn.

'I'r ffatri?'

'Ia brysia. Blac Belt – mae'n y car. Car Dad ym maes parcio'r ffatri!'

Rhedodd Gwyn ar ôl Huw gan gynnig ei siaced iddo. 'Ond dy ddillad di Huw! Na'th y ddamwen ddim tynnu dy ddillad di!'

'Fe wna i esbonio i ti eto. Rŵan ty'd. A ma' gin i amball i gwestiwn i ti hefyd!'

Rhuthrodd y ffrindiau trwy ddryswch y coed a Huw'n stryffaglu i wisgo'r siaced dros ei gorff noeth. Fe fyddai'n olygfa reit ddoniol oni bai am y ddamwain oedd newydd eu ysgwyd a'r ofn oedd yn cnoi'n eu stumogau.

Ni welodd y bechgyn yr olygfa o'u holau beth amser ar ôl iddynt fynd. A'r seiren yn dawel ond â mellt glas y ceir yn goleuo'r gyflafan, fe dynnwyd Lee Wheelan yn araf o sgerbwd y car. Roedd yn glymau, yn ddarnau, yn goesau a'n freichiau a'n wifrau i gyd – y bachgen a'r peiriant yn un. Ond roedd yn beiriant a oedd yn anadlu o hyd, diolch i'r helmed a'r *air bag* oedd wedi ei arbed rhag colli ei fywyd. Rhag colli'r gêm – am y tro.

Pennod 27

Pan gyrhaeddodd Huw a Gwyn y maes parcio arall lle'r oedd car tad Huw, roedd Blac Belt yn neidio'n y cefn yn rhwystredig. Roedd torri'r clo er mwyn ei hachub yn syndod o rwydd, heb neb o gwmpas i sylwi ar y 'lladrad'. Trosedd fach seml yng nghanol noson ddychrynllyd o fawr.

'Yn saff unwaith eto,' sibrydodd Huw wrth y gath gan deimlo'r allwedd yn oer am ei gwddf. 'Sawl bywyd sy' gyda ti dwed?'

'Sawl bywyd sda *ti* Huw?' holodd Gwyn yn awgrymog. 'Ddylse ti'm bod yn fyw ar ôl hynna!'

Nid oedd Huw eisiau ateb ac roedd yn ysu am gael mynd. Gwyddai y byddai'r wawr yn eu herio cyn hir.

'Ac o'n i'n meddwl bo ti wedi torri dy goes.'

'Mae 'di gwella.'

'Wel do, yn rhyfeddol o glou! Yn gwmws fel na'th y graith 'na ar dy law di.'

Edrychodd Huw ar ei ffrind ac i'r llygaid a oedd yn amau neu'n gwybod – llygaid a oedd yn gweld fel rhai Ben. Anadlodd Huw yn ddwfn a gofyn,

'Oce ta, ers pryd wyt ti'n amau?'

'O'r dechrau,' atebodd Gwyn gydag awdurdod, 'ers y daith yn yr ambiwlans, pan welais i'r graith yn diflannu.'

'Ond yn amau fy mod i yn be?'

'Dy fod ti'n arbennig . . . yn wahanol,' meddai Gwyn. 'Dy fod ti'n wahanol i'r lleill, fel fi.'

Edrychodd Huw ar ei ffrind cyn troi at y car unwaith eto i chwilio am ddillad ac i gael cyfle i feddwl. Estynnodd *overalls* newydd ei dad.

'Be ti'n feddwl – yn wahanol fel fi?' holodd Huw yn ofalus.

'Mae'r ddau ohonon ni'n wahanol i'r rhan fwya o bobl. Ond dyn ni'n dau ddim yr un peth â'n gilydd chwaith!

'Y?' Roedd Huw wedi drysu.

'Yn un peth do's dim craith ar fy llaw i,' aeth Gwyn yn ei flaen gan godi ei law at y lleuad. 'Nid cnoiad ges i, ac nid draenog ydw i. Ces i ngeni'n wahanol i'r byd ma.'

Gwenodd Huw wrth sylweddoli fod y cochyn yn gwybod cymaint amdano, a bod yn rhaid ei fod e hefyd yn . . ? 'Ond be ti'n feddwl – dim brathiad? Cael dy eni'n . . . greadur wnes di?'

'Yn union, cael fy nghreu yn wahanol – fy ngeni o wraig a oedd yn perthyn i wiwer yn barod! Ond yn y bôn, fi'n Greadyn fel ti.'

'Wel, wel,' meddai Huw gan drio deall yn well. 'Fe ddudodd Ben fod yna lawer, ond Gwyn Gwiwer

167

Goch! O'n i'n ama bod 'na rwbath yn od amdana chdi.'

'Nid od, Huw! Gwahanol!'

'Wel, ia.'

Teimlai Huw'n well ar ôl gwisgo'r *overalls* newydd ond roedd yn poeni'n ofnadwy am Lee, ac yn methu peidio â beio ei hun. Triodd Gwyn ei gysuro,

'Ond na'th e drio dy ladd di, myn yffach i Huw – bai Lee o'dd y cwbwl ta beth!'

Ddywedodd Huw ddim, ond roedd Gwyn am ddweud mwy. 'Ac os o's rhywun arall ar fai Huw, wel fi a neb arall yw hwnna.' Arhosodd Gwyn am eiliad cyn cyfaddef, 'Ti'n gweld, Huw. Fi ollyngodd y stinc bom.'

'Ti? Ond pam? Dwi'm yn dallt, Gwyn!'

'Na finne chwaith, a dweud y gwir. Rhyw eiddigedd ofnadw – ond o'n i wedi trio mor galed i fo'n ffrindie da ti – yn dy helpu di o hyd – ond fi'n sori Huw, nes i ei cholli hi –'

'A phwy all dy feio di am wneud?'

'Ac o'n i ishe dy weld di'n gallu gwynto'r stinc bom er mwyn profi dy fod ti'n Greadyn! O'n i bron yn siŵr erbyn 'ny mai dyna beth wyt ti. O'n i jyst ishe prawf!'

'Mae'n ol reit Gwyn, dwi'n dallt,' meddai Huw i'w dawelu, ond aeth Gwyn yn ei flaen,

'O'n i'n unig ac ishe gweld fod rhywun arall fel fi

168

a nesh i ei cholli hi'n lân a gwylltio'n ddwl. Dyw hi'm yn rhwydd bod yn Greadyn heb gwmni ti'n gwbod –'

'Wrth gwrs mod i'n gwybod . . .' Roedd Huw bron yn gweiddi. 'Ddylswn i yn fwy na neb fod yn gwybod pa mor hawdd yw hi i wylltio!' A chwarddodd y ddau cyn i Huw ddweud yn drist, 'Da ni i gyd yn gneud petha o'i le sti.'

'Be ti'n feddwl?'

'Dim byd,' ond roedd Huw yn meddwl am Kat. 'Pethau drwg y gwnawn ni ddifaru am byth!'

'Fydd Katrin yn iawn,' aeth Gwyn ato i'w gysuro, 'a does neb i'w feio ond Lee!'

'Ond faswn i'n licio ei gweld hi cyn mynd.'

'Mynd i'r ysbyty yna eto?'

'Dwi isho'i gweld hi!'

'A gwneud yn siŵr fod yr heddlu'n dy ddal!'

'Ia, dwi'n gwbod,' meddai Huw gan wybod mai Gwyn oedd yn iawn. 'Ond dos di i'w gweld hi, plîs Gwyn, 'mond i ddeud mod i'n . . .'

'Be?'

'I ddeud mod i'n sori, ac y byddai'n sori am byth. Ac i ddeud y bydda' i'n ei cholli bob dydd.'

Edrychodd y ddau ar ei gilydd. Roedd yr amser wedi dod. Yn meddwl Huw Dafis nid oedd ganddo yr un dewis ond gadael, am y tro.

'Rhaid fi fynd Gwyn.'

'Ond i ble?'

'I swatio a chuddio tan welwn ni haul, i gysgu tan welwn ni Wanwyn!'

'Ddoi i dy weld di. Ond pryd? Ac i ble?'

Nid oedd ateb gan Huw, 'I rwla heblaw am fan 'ma, am rŵan.'

Agorodd Huw fotymau'r *overalls* trwm a gwthio Blac Belt dan ei fraich. Sylwodd ar y goriad hollbwysig yn sgleinio. Goriad y den a rhwydwaith cyfrinachol y twnelau. Twnelau lle'r oedd digon o le iddynt guddio a byw.

'Hei! Ty'd hefo fi Gwyn.'

'Ond i ble?'

'Am y Wlad. Tydi'r DDinas ddim yn gartra i wiwer!'

'Ma' 'na gannoedd yma Huw. Ces i ngeni'n y DDinas a dyma fy lle i. Fel pob Creadyn dwi wedi dysgu i addasu.'

Edrychodd Huw arno a gweld nad oedd posib newid ei feddwl.

'"Creadyn" yw'r gair ia?' holodd Huw wedyn. 'Dyna ddudodd 'rhen Ben. Creadyn fydda i nawr ac am byth?'

'Nage – ffrind,' meddai Gwyn. 'Dau ffrind y'n ni Huw, sy' digwydd bod yn wahanol i bawb arall.'

Edrychodd Huw'n hir ar y cochyn. 'Ti yw'r ffrind cynta i fi ei gael.'

Pwyntiodd Gwyn at y gath, 'Wel, heblaw am Blac Belt!'

'Chafodd hi fawr o ddewis,' meddai Huw.

Edrychodd Huw Dafis ar ei draed, ar ei ddwylo, ac yna yn ôl at ei ffrind. Gwenodd yn wan.

'Dyma fi wedi troi'n Greadyn, wedi colli'r hen Huw – ond wedi ennill y ffrind gorau erioed. Pam ddiawl o'n i isho unrhyw beth arall?'

Cofleidiodd y ddau cyn i Huw dynnu nôl a throi am y coed oedd wrth ymyl. Dechreuodd ei ffordd am y Wlad a'i gynefin, am gyfrinach y den gyda'r gath wedi ei chuddio'n ei got.

'Cadw lygad ar Kat,' galwodd nôl dros ei ysgwydd.

'Ddown ni lan,' atebodd Gwyn, 'i dy weld di.'

Wrth i Huw gerdded ymlaen, daeth teimlad o ansicrwydd i'w stumog. Roedd yfory'n brofiad fyddai'n rhaid iddo'i fyw, yn stori y byddai'n rhaid ei hysgrifennu o'r dechrau.

Ond wedi cerdded am ychydig funudau, gwelodd ystlum uwch ei ben, yn reit uchel, ond yn agos o hyd. Ystlum a oedd yn ddall fel y nos oedd o'i gwmpas ond a oedd yn barod i'w arwain o'r DDinas. Ystlum â chlustdlysau aur – dau gylch mewn un glust yn disgleirio.

DIWEDD Y DECHRAU

W F